SOLENE

1- Jeux

Broen Odus

SOLENE

1- Jeux

Pochette illustrée par :
Christophe Sonesaksith

Bruno De Sousa   © 2016

brunodesousa@laposte.net

- À Sébastien Hamon, dit Seb (1970-2005), Rest In Pixels.
- À la jeune femme qui pianotait et jouait sur sa tablette numérique et qui se trouvait à côté de moi dans le train durant le trajet Paris-Tours le 22 décembre 2012 (arrivée 19h40 gare de Tours) et qui, sans le savoir, m'a apporté suffisamment d'inspiration pour écrire ce livre. Merci à toi…
- À Liv Laps

Jeux de trains

Une véritable force de frappe arrive du sud, escadrille de la mort. La base construite avec patience va perdre deux tours laser. Le vacarme est assourdissant, mais les gardiens de la Liberté tiennent bon. Il faut dire que la main qui les dirige n'en est pas à son coup d'essai en matière de stratégie. Elle a laissé des bâtiments-leurres au sud afin que l'ennemi attaque ici en priorité. Les tachyons ne peuvent tenir, d'autant que le terrain est plutôt râpeux, ce qui est peu adapté aux engins aéroglisseurs. Il suffira de faire des va-et-vient avec des unités très mobiles qui se serviront des bois en couverture.

Solène a déjà appuyé sur la touche 3 du clavier numérique pour repérer puis envoyer un petit escadron mobile de tanks d'escarmouche accompagnés de quads. Pendant que l'ennemi s'acharne sur ses tours de défense qui crachent du plasma bleuâtre, elle a déjà prévu d'attaquer par le sud-est de la base en étoile, démolissant tout un pan de mur pour s'infiltrer tranquillement par l'endroit où se trouve, ô joie, la base d'expédition d'eau et un générateur de tælon. Par une pression du clavier, la création de l'usine d'assemblage s'accélère ; cinq petits quads et un tank d'escarmouche vont sortir tout fraîchement, les premiers serviront de chair à canon pour divertir l'ennemi.

Du côté de la base d'expédition d'eau, les unités prennent position et tiennent bon. Une cascade de bions leur tombe dessus ; des unités cybernétiques aussi laides que leur nom l'indique.

– Ah, mais non ! hurle une voix impérieuse devant son écran, tu n'as pas pu penser à ça.

En prévention, elle a alloué une série de balises, pour que les renforts puissent savoir où leurs roues/pieds/rajoutez tout ce que vous voulez vont faire leurs exercices. Quelques bonshommes dans sa base se battent avec l'énergie du désespoir. Les dégâts sont importants : cinq bâtiments sont tombés, mais l'ennemi devra payer cher pour refaire une telle attaque et cela passe par la vente de son eau vers l'espace. Ça tombe bien, la position au sud est tenue. L'ennemi a perdu son unique point de ravitaillement à cause d'une erreur tactique fatale. Une petite équipe attaque les murs de l'ouest de la base de l'Empire, roulant dans la bouillasse formée par la médiocre qualité de la terre et l'air humide. L'ennemi ne sait plus où donner de la tête. Néanmoins, les unités des oppresseurs sont coriaces. Un gardien vaut deux soldats de la Liberté. Il y a des pertes, du sang qui inonde les tapis de pixels, et les tours à plasma tirent à une vitesse phénoménale. Pendant que les positions sont tenues, le groupe de l'ouest se scinde en deux et va rechercher le reste des générateurs de Tælon. Très facile. Les unités qui étaient venues du sud-est sont toutes détruites.

– Ma petite Solène, vous avez oublié de régler leur tolérance au dommage sur « bas », fit remarquer la joueuse en buvant une rasade de lait de soja.

L'intelligence artificielle du jeu pose quelques soucis techniques. Elle tente de s'adapter aux manœuvres ennemies mais continue de bien se défendre, envoyant depuis ses baraquements des gardiens et un ou deux bions, unités dont le nom est aussi laid que l'apparence. Les réserves de l'ennemi sont épuisées. Les survivants de l'ouest passent à l'improviste près des baraquements. Les tours à plasmas, privées d'énergie électrique, envoient de petits jets pathétiques. Elles ne parviennent même pas à empêcher la destruction des camps, ni de l'usine d'assemblage. Une unité tente de construire une usine, mais est rapidement désintégrée. Le quartier général y passe également. Des unités de la Liberté arrivent de tous les côtés grâce aux différentes balises sauvegardées. Le plasma gicle avec mollesse puis cesse ses tirs. C'est terminé.

Il y a des cratères partout dans la base. Les unités détruites ne restent pas à terre. Elles sont comme évaporées après destruction. Non, il ne s'agit pas de faire du recyclage, nous ne sommes pas dans Total Annihilation[1]. Dark Reign[2] n'est pas franchement un jeu de stratégie temps réel très écologique, ni très récent d'ailleurs, vu qu'il est sorti en 1997 et que nous sommes

---

1   Total Annihilation, jeu de stratégie temps réel sur PC, sorti en 1997, développé par feu Cavedog Entertainment
2   Dark Reign, jeu de stratégie PC, développé par Auran Games

actuellement en 2013.

La place forte est rasée, il reste à libérer les prisonniers de leur condition et à les renvoyer à la base. C'est fait. Une fois de plus Solène a déjoué les plans ennemis.

Ce genre de scénarios, elle aurait pu en écrire des centaines, autant que les heures passées à s'adonner à sa passion. Elle connaissait ses propres sources d'approvisionnement, le marché, le centre commercial, et ses stratégies pour éviter de se taper de longues files de voitures aux heures de pointes. Elle était équipée de A à Z pour tout type de temps, tout type de surface, avec tout genre d'accoutrements, au détriment de l'esthétique, à la fois munie d'aéroglisseurs, de chenilles et de pieds. Le monde ouvert réel… il fallait bien qu'elle y revienne de temps à autre.

****

Il était tard à présent. Elle devait aller à son rendez-vous demain sans faute à Pôle Emploi pour une énième formation, une pétale de plus dans son bouquet garni.

– Au diable, conclut-elle, je vais sans doute reprendre mes études de toutes façons.

Oui, reprendre. Et continuer à m'endetter à vie auprès de mes parents.

Ils ne la suivaient plus vraiment. Beaux-Arts, Musicologie, Psychologie, licences de langues diverses, et quoi encore ? Elle en était à une licence validée pour deux années de perdues et deux années de vie active, plus une année « de bonus ». Quel master intégrer ? Elle n'en savait rien et n'y attachait finalement que peu d'importance. L'open world[3] réel ne l'intéressait que moyennement ces temps-ci. Quoiqu'il se passe, la conjecture actuelle n'offrait que des contradictions. Les métiers qui embauchaient étaient en deux jours compactés en voies sans issue. Les formations « d'avenir » n'offraient que des contrats peu avantageux pour le salarié, le plaçant sans cesse dans une

---

3   Monde ouvert

8

situation de précarité. Restait le professorat. Pourquoi pas ? Sauf que sa « décision » avait été prise en ce mois d'octobre, l'année scolaire ayant commencé depuis tout juste un mois, et qu'il fallait bien la remplir d'une façon ou d'une autre. Bref, ceci concernait un monde qui pour le moment ne lui évoquait pas grand-chose. Il y avait plus important à faire : son index avait cliqué sur « mission suivante ». Elle allait jouer l'Empire et trahir la Liberté, et la carte se chargeait. Néanmoins, l'open world réel, tenace, l'appelait : elle appuya sur Escape et quitta le jeu après avoir sauvegardé sa progression. Lorsqu'elle irait se coucher, elle verrait encore des unités bouger et des tirs se multiplier sous ses rétines.

— Général Solène, rompez ! murmura-t-elle, en quittant sa session Ubuntu, puis en se détachant de son bureau réel.

Elle avait une petite migraine à force d'avoir tant réfléchi aux stratégies et aux multiples manœuvres, à moins que ce ne fût les quatre, cinq ou sept heures de jeu sans pause qui lui fissent cet effet où les reflets insistants du soleil sur son écran 21 pouces durant un quelconque moment de la journée. Peu importe, après tout, elle avait déjà passé les tests en clinique, comme d'autres de sa famille, on lui avait collé sur le carafon une sorte de casque, et joué au stroboscope avec sa vue. Elle s'était entraînée chez elle avec Dennou Senshi Porygon, cet épisode de Pokemon[4] paru en 1997 et qui avait provoqué plusieurs hospitalisations au Japon ; elle l'avait passé en boucle, pour voir jusqu'où elle pouvait tenir, et n'avait pas eu la moindre nausée, ni le moindre fourmillement. Des nerfs d'aciers la dominaient, comme tout grand stratège, et ses connexions neuronales étaient quasiment infaillibles, comme ses yeux, devenus de vrais viseurs de geek.

Elle éteignit son PC et s'allongea sur son lit, le sommeil la gagnant petit à petit. Après une micro-sieste, elle suggéra qu'une petit partie de quelques minutes ne lui aurait pas fait de mal, quand-même, le rendez-vous Pôle Emploi n'étant qu'à 11h30 le

---

4   Série TV animée créée par Satoshi Tajiri en 1996, et ayant eu un nombre incalculable de produits dérivés. Cependant, on ne sait s'il existe des sextoys Pokemon.

lendemain…

****

Deux jours plus tard, Train Caen-Paris, 10 janvier 2013.

Le train était arrêté depuis une bonne demi-heure. Heureusement que la compétition du Strategy Game Show était le lendemain. Dans le compartiment, en face de Solène, une mère de famille trentenaire jouait nerveusement avec son téléphone portable, levant les yeux de temps à autre vers sa petite fille d'une dizaine d'années pour lui parler dans d'ineptes borborygmes que Solène ne souhaitait pas traduire dans son langage. En réalité cette langue ne l'intéressait pas car elle était dans l'attente du moment d'extase des affrontements stratégiques en salle. Ses oreilles, pour le coup, étaient focalisées sur le juke-box.flac[5] branché dans son cerveau. Ici, un morceau tournait en boucle, une musique d'introduction entraînante composée par Steven Clarke et Chris Stevens. Celui-ci lui mettait toujours autant de baume au cœur, surtout qu'elle avait, depuis qu'elle était adolescente, une certaine attirance pour Roger Wilco[6], qu'elle considérait comme l'archétype de l'homme parfait. Elle avait bien écumé les sites de rencontres, mais n'avait jamais rien pu trouver de telle, le terme « balayeur blond » ne faisant pas partie des critères de recherche.

L'enfant s'approcha d'elle, la regardant avec de grands yeux ronds. Une petite silhouette blonde aux yeux marrons, des joues un peu enflées, vêtue d'un tailleur bleu marine, les mains jointes derrière le dos, un sourire figé et des dents d'une blancheur surnaturelle :

– Salut, comment tu t'appelles ?

Solène regarda attentivement la petite, balaya une mèche rousse, avant de répondre :

– Solène, on dit que je tiens très chaud avec mon prénom. Et toi ?

---

5   Free lossless audio codec : format audio sans perte sonore.
6   Héros de la série de jeux d'aventure Space Quest, développée par Sierra Entertainment.

– Shaineze… et… tu fais quoi dans la vie ?

Ça, c'était la question à dix euros, de celles qui n'étaient pas à poser dans certains contextes. La petite ne pouvait pas savoir, naturellement. Pourquoi fallait-il donc que cette question soit l'accroche à toute conversation entre deux nouveaux avatars ? Solène considéra différentes options de dialogues, parmi les phrases toutes faites qu'elle avait programmées.

– Joueuse professionnelle de jeux vidéo à plein temps.

Solène regarda la mère de famille, trop occupée au téléphone portable à râler après les retards du train. Une vraie caricature, et peu affinée. Elle aurait bien réarrangé les couleurs du pull, un peu trop ternes, car ce modèle 3D avait quelque chose d'un brin générique.

La petite fille fit une moue :

– Moi, je voudrais pouvoir tout diriger d'en haut et dominer le monde ! Ça sert à rien de diriger une classe, comme la maîtresse…

– Un métier d'avenir ça, de diriger le monde. Tiens, commence donc par réfléchir aux problèmes d'approvisionnement de ressources. Lorsque …

Solène marqua une petite pause pour se remettre droite, et aperçut une lueur étrange d'intelligence de la part de la petite :

– Ça fait partie de la culture générale, les jeux vidéo. Mais ce n'est pas au programme du cycle 3, non ?

– Hein ?

Cette réaction ressemblait plus à une feinte pour faire semblant de ne pas comprendre, cela interpellait Solène mais elle garda son masque pour laisser passer une impression de bienveillance.

– Les grands ne disent jamais tout, continua-t-elle. Si jamais tu ne réussis pas à dominer le monde, il te reste Populous, ça t'évoque quelque chose ?

La petite avait la bouche grande ouverte :

– Populeuze, articula-t-elle en essayant de reprendre l'accent…

La mère avait levé la tête, soudainement réveillée car une inconnue parlait à sa progéniture :

—   Qu'est-ce que vous lui apprenez là ? Reviens à ta place, toi !

Solène, parfaitement détendue, sourit à l'adresse de la mère de famille.

—   Mais maman ! protesta la petite.

—   Tu t'assieds, j'ai dit ! gronda la mère. Et vous, qu'est-ce-que vous lui donnez comme idée ? Qu'est-ce-que c'est que ça Populouse ?

—   Quelque chose pour la faire parler pendant que vous ne vous occupez pas d'elle, s'esclaffa Solène.

L'accent employée par la mère donnait à ce mot le sens d'une marque de soda.

—   Mais, de quoi je me mêle ?

Revêche et grincheuse, et diablement stéréotypée. Et buguée, sans aucun doute.

—   J'aime que les enfants s'expriment, surtout quand des benêts trouvent le moyen de ralentir le train en se jetant dessous. Certains font usage de toutes les possibilités de nos services publics, après tout, mais il y a des jours plus favorables pour ce genre d'activités.

La mère eut un mouvement de recul et fit une moue de dégoût :

—   Ne dites pas ça devant ma fille !

—   Bien entendu… votre fille ne connaîtra jamais ceci puisqu'elle deviendra maîtresse du monde, s'exclama Solène avec espièglerie, faisant glousser la petite fille.

Solène se leva, stoïque, et entreprit de se balader un peu dans les compartiments, après avoir salué la maman.

—   À plus tard ! salua la petite en secouant sa main.

****

Le couloir de train était d'un brun délavé un peu tristounet. Des graphistes auraient sans doute rajouté quelques effets de lumières çà et là pour lui donner un aspect plus proche de la reconstitution qu'elle s'imaginait. À la place des horribles néons enfoncés, de

12

petits lampions suspendus, entourés de soie, diffusant une lumière douce, et pour masquer le décor et rajouter de la vitesse au train, un effet de flou appliqué au dehors. Et avec, pourquoi pas, un petit canon scié dans les mains et quelques illuminés à descendre, histoire d'avoir une raison de se balader...

Les écouteurs crachaient :

–	Le train numéro 86732 en provenance de Caen direction Gare Saint-Lazare, va reprendre sa marche.

****

La convention était ce soir, réunissant des fidèles joueurs du Vaisseau des Étoiles, le jeu de stratégie grand public par excellence que Solène n'avait pu apprivoiser qu'au-travers de quelques démos jouables qu'elle avait réussi à faire tourner sous Wine[7]. Elle se ramasserait en tournoi vers la fin, car elle savait bien que les grands joueurs connaissaient tous les raccourcis claviers du jeu sur le bout des doigts et qu'il suffisait de construire une unité de chaque type, d'en faire des groupes de douze, et de tout envoyer sur la base ennemie. Bien entendu, certaines pouvaient s'enterrer. Qu'il y ait des élévations dans le décor ou non, les unités pouvaient tirer et toucher immanquablement leur cible, du haut comme du bas d'une montagne. Et les vaisseaux volants pouvaient rester indéfiniment en l'air sans jamais tomber en panne. Quand aux mécanismes de jeu, ils étaient droitement copiés sur le modèle de Warcraft[8] : on construisait à vitesse grand V des bases dotées de quelques bâtiments d'où sortaient au choix soit des collecteurs de ressources -appelés communément péons[9]- qui savaient aussi construire, soit des unités guerrières, soit des

---

7	Wine est un émulateur qui permet de faire tourner des programmes Windows sous Linux. Un émulateur, comme son nom l'indique, émule un système pour le faire tourner sous un autre, mais Wine signifie « Wine Is Not an Emulator » (Wine n'est pas un émulateur) donc ma première phrase devrait être retirée sous peine d'une flopée de coups de becs...

8	Warcraft est un jeu vidéo de stratégie de type heroic fantasy mettant en scène une guerre entre des orcs et des humains, sorti en 1994.

9	Vous savez, cette distinction entre technicien de surface et balayeur...

13

supports, des observateurs, des transports… Certaines unités du Vaisseau des Étoiles étaient munies de capacités spéciales, qui n'étaient jamais que les copies des pouvoirs magiques des magiciens de Warcraft, mais dans le futur, comme auraient médit certaines mauvaises langues.

Le voyage vers Paris avait mis son compte proche du découvert. Elle avait dû annuler la soirée qu'elle avait prévu de passer en compagnie de ses amis, mais elle ne pouvait pas rater un salon consacré à son style de jeu préféré et elle savait que très peu de ces jeux seraient adaptés sous son système à cause de l'influence d'une entreprise qu'elle avait adorée dans les années 1990 et qui s'était transformé en machine à sous, et de la société géante -qui avait en son sein le geek le plus riche du monde- qui avait mis en place un outil qui formatait les jeux esthétiquement, muselait les développeurs en leur permettant de développer vite en maximisant leurs gains, au détriment de l'esthétique et parfois du joueur. De plus, elle regrettait que la plupart des jeux dussent être patchés[10] après l'achat.

Son ventre gargouillait, mais le café était un peu onéreux dans ce train, et elle ne voyait pas bien ce qu'elle allait faire à déambuler ainsi. Il n'y avait pas d'indices à chercher, ni de gens à tuer, dans cet open world là, peu de personnes intéressantes et le level design[11] d'un train de la SNCF n'invitait pas spécialement à l'action.

Elle se remit sur la couchette de son compartiment, désormais déserté, et s'endormit de long en large. De petites unités s'affichait devant ses yeux…

---

10 Patcher, c' est améliorer un jeu, par l'ajout d'un patch. Le patch (le correctif) est un programme qui permet de mettre à jour un jeu et de corriger ses défauts. À ne pas confondre avec se patcher qui ne rend pas plus intelligent. N'essayer pas d'appliquer des patchs correctifs aux olibrius qui hurlent « apéro ! » pendant les festivals estivaux, c'est peine perdue… oui, vraiment.

11 Level design, où comment est agencé le niveau d'un jeu. Quelque chose qu'on a tenté d'expliquer à une entreprise qui a tenté de redonner une raison de sortir de la retraite à un type qui aurait pu être Roger Wilco s'il n'avait pas eu des muscles et des tonnes de flingues…

****

Un écran s'affichait d'ailleurs. L'interface d'un jeu, semblable à celle d'un Command And Conquer[12][13]. Étrangement le pointeur était une main, à la Dungeon Keeper[14]. Mais cette main était tellement fine, si bien lissée, qu'on pouvait y voir jusqu'aux pores de la peau. Et elle était animée, elle étirait ses doigts, faisait de la gymnastique. On pouvait imaginer sans peine le craquement qui allait avec. L'habillage était sobre, couleurs vert pistache/gris taupe vomi[15]. À droite, cependant, il y avait un menu avec des options de construction et de production d'unités, avec un compteur d'énergie qui était rempli d'un étrange fluide violacé et apparemment assez visqueux. De petites flèches permettaient de faire défiler une à une les icônes sur lesquelles il fallait cliquer, ou plutôt comme c'était le cas ici, de cliquer avec le bout du doigt.

Le décor semblait familier. Il était de type désertique, avec des maisons en dur. Ce qui frappait de prime abord était le souci du détail. Les graphistes devaient éponger leurs litres de jus de carotte/café/coca[16] : nous en étions au stade du photoréalisme. Solène n'était plus tellement étonnée tant, à l'heure actuelle, les jeux vidéo tendaient à s'en approcher[17], mais là elle en était bluffée.

---

12 Jeu de stratégie temps réel développé par les pionniers du genre, le feu Westwood Studios.

13 Quoi ? Vous ne savez pas ce qu'est un jeu de stratégie temps réel ? Eh bien, tiens, j'insère un « voir notes plus loin ». Voilà c'est fait. Vous ne savez pas ce qu'est Westwood Studios ? Demandez à Kane, vous devez bien le trouver quelque part, par contre vous ne me connaissez pas…

14 (copier-coller de la note précédente, avec « Bullfrog » à la place de « Westwood Studios », « EA » à la place de « Kane » et « les » à la place de « le »)

15 Dépendamment de si vous êtes vegan ou non.

16 Dépendamment de la boîte dans laquelle vous bossez et… non, on va arrêter avec le copier-coller on va m'accuser de vouloir jouer avec les mots à votre détriment.

17 Bien que l'expérience la plus réaliste ait été réalisée par le jeu d'aventure Leisure Suit Larry 7 où il était possible de sentir les odeurs du jeu.

Elle n'avait plus eu une telle claque graphique depuis la découverte des cartes accélératrices fin 1996/début 1997 avec Pod[18] et ses nuages mouvants.

Pour mieux l'impressionner sans doute, l'écran de jeu fit un focus sur un personnage à diriger, allant jusqu'à passer au-travers du plafond de la bâtisse où il résidait. Celui-ci était manifestement en train de se réveiller d'une paillasse assez rudimentaire. Par tous les saints, ces détails graphiques ! On était désormais passé en vue isométrique[19], et on pouvait apercevoir l'homme, cheveux longs, barbu, vêtu d'une toge bleu clair, s'étirer et ouvrir ce qui ressemblait à des rideaux. Des filets dorés balayèrent la pièce et on entendit le personnage commenter dans une langue qui n'évoquait rien de précis. La chaleur, fournaise insolente, se fit bientôt ressentir. Dans la réalité, le wagon ne devait sûrement pas être climatisé. Sans doute avait-elle trop joué dernièrement, ou peut-être était-ce le peu de nourriture qu'elle avalait ses derniers temps. Les textures au sol étaient faites d'une pierre assez rudimentaire. On pouvait suivre cela d'un point de vue qui tournoyait légèrement ; le joueur ou la joueuse semblait avoir appuyé sur l'option « angle de poursuite » car la caméra suivait le petit-déjeuner du personnage, composé de semble-t-il un pain de blé germé et des plats aux épices colorées. Une femme apparut bientôt et vint lui servir une cruche contenant a priori du vin. Elle avait de beaux cheveux bouclés, une ligne élancée et droite, avec un petit voile qui ne lui couvrait point le visage, afin d'en laisser ressortir tout le charme. Visiblement, les développeurs avaient pris soin de respecter des conventions qui cadraient peu avec les goûts de Solène, mais pour le moment, elle était intriguée par cette entrée en la matière. Focus de nouveau sur le barbu, parti au grand air sans même avoir fait sa toilette. La caméra dé-zooma et d'un coup, Solène fut littéralement abasourdie : ce n'était plus des graphismes ! Tout ce qui vaquait, à travers ces ruelles labyrinthiques, était humain, au sens propre du terme. Des

---

18 Planet Of Death, jeu de course futuriste développé par une petite boîte franchouillarde appelée Ubi Soft.

19 La vue isométrique représente les 3 dimensions, avec la même importance.

marchands de melons, d'épices, de pastèques et autres fruits bien juteux, discutaient affaires avec leurs clients, en hébreu et en grec !

Et elle aperçut de nouveau, la grosse main, qui se frottait le pouce contre le côté de l'index, comme si elle réfléchissait à la marche à suivre. Subitement survint une interface, avec de nouvelles options sur le panneau droit dédié aux icônes de bâtiments et d'unités. À chaque remplissage de case apparut un effet de lumière différent. La main les frôla. Celles-ci se mirent en surbrillance et un texte s'afficha au-dessus. La langue employée, comme Solène s'y attendait plus ou moins puisqu'un tel jeu ne devait certainement pas exister, était une série de symboles ne ressemblant à rien de connu. L'écriture était d'un graphisme austère, sans doute faite avec l'une des polices par défaut d'un système d'exploitation quelconque. Elle doutait vraiment que des machines actuelles puissent afficher ceci, bien que les processeurs actuels en étaient sûrement, dans des bunkers secrets, aux systèmes à seize cœurs.

L'index sembla appuyer du bout de l'ongle sur le personnage. Celui-ci répondit par un mot en hébreu et, pour bien montrer qu'il était sélectionné, fût doté d'une auréole flottant au-dessus de sa tête. L'écran s'éloigna de ce point de vue et indiqua une place qui était faite de quelques étages en escalier. Celle-ci était légèrement éloignée de la petite cité, à dix minutes de marche de la sortie sans doute. Le petit doigt de la main s'activa et on entendit une réplique. La caméra se cadra instantanément sur la personne auréolée qui se déplaça vers ce point précis.

Lors de son déplacement, on vit tout un pan de la foule le suivre dans les rues, des enfants, des femmes, des vieillards et quelques pauvres hères boitillants et malades. Ceux-ci formaient une masse compacte et cosmopolite qui suivait le bonhomme, tout en gardant une certaine distance derrière lui. La personne devait sans doute jouir d'une certaine aura. La caméra cadra instantanément sur le lieu désigné pour terminer l'action. L'index trembla un peu et traça un rectangle de sélection qui entoura toute les aspérités d'un halo bleu. Une vocalise accompagna l'action.

Puis le point de vue passa du coq à l'âne.

Un autre décor, un champ de bataille a priori, en fait en pleine jungle. La main s'agita en tout sens, donnant un paquet d'ordres à différentes unités en même temps. Les soldats étaient vêtus de tenues d'airain, bien alignés. Certains étaient montés sur d'étranges créatures, à cheval entre la taupe et le cochon d'Inde. Des armements très sophistiqués, des fusils ovales de différentes tailles, mais aussi des machines jaunes et grises, flottantes. Dedans, on apercevait des humanoïdes casqués de coiffes mayas. En-dessous, des quads tout ce qu'il y avait de plus classique, mais munies de roues qui ne quittaient jamais la terre ferme, en assurant une parfaite adhésion. En arrière du plan de bataille, se tenaient sans doute des unités d'artillerie. Elles étaient, mis à part leurs énormes canons, partiellement camouflées dans la terre marron et humide.

De l'autre côté, la caméra avançait et examinait les lignes ennemies tandis que la jauge d'énergie se remplissait sur la droite de l'interface. Les unités en face étaient cubiques, assez laides au demeurant. Elles rattrapaient leurs formes grotesques par des couleurs chatoyantes, peu adaptées pour une attaque dans la jungle. Les armures contenaient des hommes aux traits marqués. Les armes restaient les mêmes cependant, et le rapport de force allait être assez équilibré, car le nombre d'unités était sensiblement le même. Néanmoins, l'Histoire et les plus grandes batailles de Napoléon l'ayant prouvé, on ne gagne pas ses batailles sur la simple question du nombre. La moindre faille chez l'ennemi est à exploiter, il faut avoir une vue d'ensemble des conditions de l'attaque, du moral des unités, du climat, de l'état des réserves de munitions le cas échéant, des supports logistiques, de la topologie du terrain, entre autres.

****

Un cor sonna et les unités se mirent en mouvement. Malheureusement, la caméra se recadra sur le barbu auréolé. Solène enrageait de constater que celui-ci était au centre de

18

l'attention de tous, les bras levés. On aurait dit qu'il lançait des incantations. Ses yeux roulaient dans leurs orbites. Il était comme possédé par des forces défiant l'imagination, ou du moins jouait-il très bien la comédie. Sur le bas de l'écran, des sous-titres s'affichèrent, traduisant le discours en un bon français :

   — En priant, ne multipliez pas de vaines paroles, déclama le barbu, car Dieu, votre Père sait de quoi vous avez besoin, avant même que vous ne le lui demandiez.

Solène se demanda de quoi elle avait bien besoin mais cette traduction lui étant spécialement dédicacée, elle se rendit compte que toute cette mise en scène n'était orchestrée que par son cerveau. Et le cor sonnait, ou plutôt un cri strident s'échappant de nulle part, qui lui battait dans les tympans, à moins que cela ne soit simplement dû au fait que lorsqu'on se rend compte que l'on évolue dans un rêve, aussi magnifique soit-il, la sensation de réveil n'est jamais loin pour déchirer l'illusion et y mettre fin. Un rêve est comme un jeu, pour le vivre il faut savoir s'immerger et en prendre le contrôle. Ce qui signifie également perdre le contrôle. Souvent, lorsque la sensation a été suffisamment profonde, les rémanences restent au réveil. C'est à ce moment en général qu'on saisit, pour peu qu'on ait envie d'écrire et un carnet à disposition et qu'on oublie pas que la réalité ne peut être en mesure d'être une absolue finalité, l'opportunité d'écrire quelque chose pour le prolonger, le propager et le partager. Qu'il soit farfelu ou non, un rêve ne se prend jamais à la légère, car il est sans doute la plus pure de toutes les introspections.

****

Les freins du train crissèrent, longue plainte d'ongles sur un tableau noir, et Solène se releva de sa couchette, les cheveux en bataille, serrant les dents pour résister à cette agression suraiguë. Elle pressentait cet instant, elle aurait dû s'en douter : voyager à Paris ne pouvait jamais se faire avec sérénité, y pénétrer c'était aller dans une ruche où chaque abeille vivait dans une alvéole, avec la peur constante de la voir envahie par des frelons

19

asiatiques. Paris, dont le bordel ambiant de la surface, faisait écho, dans les sous-sols, à une cacophonie de silences torturés et nerveux. Paris, l'aimant, dont les tunnels exerçaient leurs charmes, parfumés aux fers et aux pneus du réseau métropolitain.

Et le compartiment était vide. Elle remit sa chevelure rousse dans une configuration plus acceptable. Les vitres étaient poussiéreuses, comme le muret tagué qu'il y avait dehors. Le train s'était tu. La scène était plantée, Solène attendait que le script se déclenche. Elle tira son grand sac de sport vert, qui n'avait jamais servi à l'usage qui lui était destiné, de sous sa banquette. Elle le défit. Il était bourré de vêtements maladroitement pliés, avec des strings et des chaussettes qui s'y baladaient chaotiquement. Elle souleva d'une pichenette la pile de gauche et farfouilla sous les t-shirts vieux de cinq ans en admirant les impressions de logos : « Blizzard Entertainment » était toujours en haut de la pile, malgré ses lettres bleues presque illisibles, car il était un objet historique provenant d'un ECTS[20] de Londres de la fin des années 1990, acheté pour une bouchée de pain sur EBay et qu'il avait fait des nuits de jeu en réseau chez ses amis, où le processus de semi-rêve s'était si souvent enclenché pour crucifier la vie réelle.

****

Tâtonnant, elle saisit le petit ordinateur portable, Graal rectangulaire en coque bleutée, et l'alluma. Il ronronna, puis s'éteignit. Elle avait laissé la batterie de rechange à la maison.

— Votre attention, s'il-vous-plaît, entendit-on des haut-parleurs grésillants, un accident de personne a été signalé à Évreux. Toutes les lignes de transport allant vers Paris vont accuser un retard de minimum deux heures. Vous êtes priés de ne pas descendre du train avant son redémarrage. Nous vous prions

---

20 European Computer Trade Show : salon de jeux vidéo réservé aux journalistes et aux professionnels du monde des jeux vidéo. Attention, ne me faites pas dire ce que je n'ai pas dit : la première catégorie entre bien sûr dans la deuxième, même si ça ne semble pas une évidence pour les non-initiés. Ce salon de petite taille, spécifique, était très prisé. Son existence s'est étalée de 1989 à 2004.

20

de nous excuser pour la gène occasionnée. Si vous le souhaitez, le service de bar est ouvert dans le train. Vous pouvez bien sûr vous y restaurer.

Solène poussa un juron étouffé, puis :

– Il va falloir que je me sociabilise, soupira-t-elle.

Deux fois sur le même trajet, cet accident de personne. Ce n'était pas un jour très favorable, n'y avait-il donc aucun respect envers les malheureux passagers ? Se suicider deux fois le même jour, et puis quoi encore ? Ne pouvaient-ils pas se concerter d'abord ? Elle réajusta sa veste grise et ouvrit ses magnifiques cheveux longs et roux pour laisser apparaître tout son visage. Comme si elle répétait un numéro, elle attendit un petit instant de silence avant d'entamer la simulation :

– Bonjour madame, ou monsieur, pensa-t-elle en hochant la tête, ils choisissent bien leurs moments pour se suicider, n'est-ce-pas ?

– Oui, répondit l'autre Solène à Solène -enfin du moins, celle qui se réveille quelquefois dans la tête de la seconde-, oui ils font ça généralement en fin de semaine. Tant de vanité pour la gloire, l'espace d'un soir et d'un journal.

Solène reprit, on ne sait pas laquelle mais peu importe :

– L'esthétique, doit être d'une rare poésie, avec simplement une musique midi[21] et des civils qui hurlent et prient devant une locomotive qui les écrase en ligne sur la voie. Les textures doivent avoir ce grain sombre, pixelisé[22]. Organiser sa mort, c'est

---

21 Musical Instrument Digital Interface, protocole audio, rien à voir avec du Darius Milhaud, bien que « Le Bœuf Sur Le Toit » en.mid ça devait poutrer sévère. Avec celui-ci il était possible de brancher toutes sortes de synthétiseurs et de bidules électroniques et d'enregistrer ou de lire des sons sur un ordinateur. Ici, est fait référence au fameux « son midi » qui hantait les nuits de nombreux joueurs PC.

22 Un pixel est un point sur un écran, dit aussi « dot » en anglais. « Pixelisé » est en revanche un terme péjoratif, guère plus employé maintenant, lorsque dans un jeu on voit trop de gros pixels. Les amateurs de PC profitèrent de l'essor de cartes accélératrices pour se moquer ouvertement des amateurs de consoles 32 bits avec des remarques littéraires du genre « ma Lara Croft est plus jolie que la tienne » ou bien l'ignoble « Pandemonium sans 3DFX ? T'es sérieux ? ».

aussi savoir ajuster le décor pour savoir comment le petit bonhomme qu'on habite va rapporter un maximum de points lorsqu'il va morfler et laisser les spectateurs multiplier les points de vue pour mieux l'admirer[23].

Il n'y a pas de hasard, que des liens de causalité qui s'emmêlent, chaque paysage est produit de l'humain, tout comme ses machines. Et les textures tristounettes qui se laissaient percevoir par les vitres poussiéreuses étaient tout de même richement texturées, tout comme les émotions des humanoïdes qui flânaient devant étaient bien faites. Là-bas, Solène pouvait percevoir cette touffe d'herbe qui rebiquait dans un chemin. Mais à quoi pensait-elle ? Elle devait se sociabiliser, so-cia-bi-li-ser. Oh, bon, elle allait encore devoir faire un petit effort. Ou pas. Elle se gratta le menton en regardant la purée de cheveux qui gigotait aux abords du train. Qu'est-ce-qu'ils pouvaient bien foutre dehors ?!

---

23 Les jeux Porrasturvat, Truck Dismount ou Stair Dismount, petits amuse-temps utile aux assistants d'éducation pour ne pas s'ennuyer à la vie scolaire lorsqu'ils sont seuls, sont prévus à cet effet.

Ce deuxième désespéré qui avait sauté devant un train était un terroriste, de toutes façons, mais ils camouflaient ça en accident de personne :

- Le fait qu'il fût las de son existence n'était qu'une couverture, avec un solide alibi. Personne pour l'interroger, pas besoin de se justifier. Le genre d'idées qu'on a qu'une fois dans sa vie.

- Deuxio, Évreux étant sur le trajet de Paris, il y avait donc volonté de bloquer sans doute une personne particulière qui se trouvait dans le même train qu'occupe Solène, ceci afin de l'empêcher de rentrer. Qui donc ?

- Se jeter sur les rails aux heures de pointe, vers midi quarante, permettait d'en déduire qu'il fallait couper l'envie des usagers présents, pour peu que le suicide ait lieu sur les quais d'Évreux, de manger et donc leur faire dégobiller leurs petits déjeuners sur le sol. Conséquence : manque à gagner pour les serveurs, perte d'argent pour les terrasses, opération visant à leur provoquer un traumatisme temporaire. L'un des serveurs s'engueulera avec ses enfants le soir à cause d'une sale journée, et ça c'était peu pardonnable.

- Appel en urgence de l'agence de nettoyage la plus proche, avec le matériel dans le plus mauvais état possible et des agents de maintenance fantômes, ce qui était courant dans ce milieu. Leurs produits détergents auraient blanchi une partie du sol où se trouvaient les tâches de vomi des usagers. Logique, puisque c'est la journée de travail du moins futé des nettoyeurs qui se sera trompé de produit.

Solène interrompit le raisonnement de Solène :
— Et pourquoi pas une dépression nerveuse qui aurait mal tourné ?
— Je ne me suis jamais foutue en l'air à cause de ça, moi. Je

me suis soignée avec Carmageddon[24].

—   Au fait, n'es-tu pas sensée te sociabiliser ?

—   Ah oui, ça…

****

Le PC reposait sur la banquette, ouvert, il réclamait son courant. Elle le dorlota puis le rangea dans ses affaires, sortit quand-même du compartiment, les jambes légèrement tremblantes, des pulsations dans les tempes. Un remugle de nicotine transformée lui picota la gorge et les poumons. On en avait profité pour aérer le train arrêté, à son plus grand désespoir.

—   Je vous rappelle pour votre sécurité qu'il est strictement interdit de descendre du train, récita la voix électronique avec l'enthousiasme d'un hardcore gamer[25] PC auquel on aurait proposé un party game console…

Un homme se mordillait les lèvres, vaguement ahuri, puis lui sourit de toutes ses dents, lorsqu'elle passa devant lui. Elle l'ignora superbement et descendit du train.

****

Un petit bois bordait les voies. Le froid dévorant, comme une infâme réalité qui saute au visage, vint la fouetter. Elle laissa échapper une quinte de toux, étouffée par les remugles acides du tabac coupé. Les badauds traînaient, affairés dans leurs écrans de poche, hypnotisés. Solène eut peu d'allant pour aller étaler ses théories causales sur le suicide, c'est bête, elle avait au moins un sujet valable sur le bout de la langue. Entendre les craquements sinistres des hêtres, la sonate solitaire des chênes qui bordaient la voie avait plus d'intérêt que d'assister au spectacle de cette

---

24 Jeu de bagnoles, inspiré par le film Death Race 2000 de Paul Bartel mais en beaucoup plus gore. Il y a trois façons de gagner dans un circuit : écraser tous les piétons, pulvériser les concurrents ou, chose qui ne va pas de soi, faire la « course ».

25 Joueur acharné, expérimenté, qui recherche le plaisir de la maîtrise et qui a fait sien l'adage « à vaincre sans péril on triomphe sans gloire ».

24

humanité décadente. À côté d'elle, une femme pianotait fébrilement sur une tablette, perdue au milieu du troupeau silencieux de ses semblables d'où, de temps en temps, s'échappaient des mélis-mélos phatiques sans substance. Vides comme les pensées des écorces inanimées. Solène y prêta bien peu d'attention pour mieux se concentrer sur l'ambiance sonore.

Des arbres dissertaient, ouvrant de leurs branches un champ de conversations devenus incompréhensibles aux morts qui errent de nos jours. Les murs cherchaient à leur répondre ; Solène écoutait avec attention et délice l'un de ces arlequins silencieux et tentait l'une de ses trop nombreuses conversations de type humain/PC, avec une révérence marquée, elle, cherchant l'accroche, sans pouvoir faire autre chose que de déglutir d'incongrus phonèmes, pour le fun. Sous les voiles de nicotine flottant mollement dans l'air, l'araignée aux mille têtes étalait ses membres au bout desquels les mêmes écrans pendaient. Solène suivait ses lancinantes gesticulations réalisant encore que son visage ne compléterait pas le tableau de famille, la peinture de l'évolution finale de l'humanité. Elle était une vraie geek, elle, et ne faisait pas semblant de l'être, comme toutes ces personnes. Plus d'une bonne vingtaine d'années à glaner des points d'expérience par ses interactions avec les PNJs[26] ou PJs[27] de la vie réelle ne pouvait égaler la durée qu'elle avait passé dans ses jeux vidéo. Pour l'heure, son avatar réel, répondant au doux nom de Solène, dissertait silencieusement avec des pans de mur gonflés au bump-mapping[28]…

Soudain, une rangée se délogea du mix de têtes. Voyant que Solène s'acharnait à disserter silencieusement avec les tags, elle se

---

26 Personnages Non-Joueurs : dans les jeux vidéo en général, désignent des personnages avec lesquels on peut interagir, mais qui ne sont pas dirigés par des joueurs.

27 Personnages joueurs qui n'ont rien à voir avec la police : certains, les player killers, sont même plutôt du côté des truands…

28 Bump-mapping : appelé aussi « placage de relief », cette technique consiste à appliquer une texture irrégulière sur une texture régulière et à jouer avec les jeux de lumière et de couleur de façon à donner une impression de relief à la texture.

dégagea en rampant sur la matière arachnoïde à la façon d'une île flottante sur de la glace pilée, pour venir la rejoindre. L'hydre longitudinale perdit un à un ses morceaux jusqu'à ce que Solène se retourne. Des mains sortirent du monstre informe et vinrent se poser sur le mur afin d'y écrire des inepties ponctuées de « lol »[29].

Quelqu'un venait d'écrire sur son mur.

Processus : Elle distingue d'abord ces peintures anthropomorphes, puis en prend une, place la chair sur les os, texture la chair, s'improvisant animatrice et programmeuse magique d'un battement de cil. La créature prend forme d'un souffle, rauque parce qu'il commence à cailler, modèle 3D réaliste. Hélas, le décor planté et l'animation de ce dernier outrepasse sa volonté, le délire imaginatif est terminé, et la voici de nouveau dans le monde ouvert réel… et putain il caille, accessoirement, parce qu'on est en Normandie et que l'humidité relative est là pour le rappeler.

— D'ordinaire, fit remarquer le P.J., on disserte mieux avec soi-même qu'avec des pierres, ça paraît moins suspect.

****

La femme qui se tenait les bras croisés, avait bien dans la quarantaine, voire plus au vu de la couche de mascara et du gloss baveux qui lui donnait presque l'allure d'un vieux kabuki. Les cheveux orange foncé n'auraient pas fait de sa maîtresse une mauvaise prétendante à un tournoi de samouraïs sur la Rolls Royce des consoles ; en effet, elle avait une petite arme, une canne, et pouvait s'en servir. Solène eut un léger mouvement de recul, n'ayant que l'idée d'une barre clignotante en bas d'un écran et d'une combinaison compliquée à base de demi-cercles main gauche et d'un choix fascinant de quatre boutons main droite[30]

---

29 Laughing out loud, équivalent anglais d'être plié en deux de rire, ou mort de rire. « Ptdr » (pété de rire) en est la traduction française. Un lol est souvent déclenché en soliloque, puisque la personne est face à un écran, et donc seule, lorsqu'elle écrit. En toute logique « loliloquer », c'est « rire seul devant son écran ».

30 Avant, arrière, bas arrière gauche, bas, bas arrière droit, droite, troisième

pour placer ce fameux coup spectaculaire qui vide le quart de la barre de vie de l'adversaire et lui vire son accessoire perforant ou contondant.

— Je m'appelle Caroline, se présenta la femme en exécutant une révérence, professeure agrégée de lettres modernes. Vous êtes ?

« Vous », songea Solène, ça me surprendra toujours, malgré un tantinet d'estime pour ma majorité. Enfin :

— Solène, joueuse à temps plein dans la vraie vie, chômeuse à temps partiel et paumée en intérim dans le marasme social.

Caroline descendit de ses grands chevaux, complètement désarçonnée, et se gratta le mention :

— Je vois, *nous avons tous deux vies: la vraie, celle que nous rêvons dans l'enfance, que nous continuons de rêver, adultes, sur un fond de brouillard; la fausse, celle que nous partageons avec les autres, la vie pratique, la vie utile, celle où l'on finit dans un cercueil[31]* .

Solène toisa du regard la littéraire et lui sourit.

— La voilà qui reprend son jargon, parla avec ironie une belle voix de basse d'un personnage massif dont Solène n'avait même pas remarqué la présence.

Modélisé pour avoir une grande stature, texturé avec élégance et raffinement, adossé au mur, vêtu d'un costume grisâtre et d'une cravate à pois, un homme d'une trentaine d'années, dont les dents d'un blanc éclatant jurait avec sa couleur de peau, dégageait une forte énergie. :

— Youssou, ajouta-t-il en serrant la main à Solène, je suis étudiant en mathématiques appliquées.

À peine s'était-il présenté qu'une toute petite voix, innocente se fit remarquer :

— Tu me montres Populeuze ? demanda Shaineze.

✳✳✳✳

---

touche en partant de la gauche, une fois le spécial activé…

31 Fernando Pessoa – *O Livro De Intranquilidade*

Un bruit infernal fit tressaillir les herbes et leurs pieds. Les rails vibrèrent à l'unisson et dans un mouvement gracieux, le train se mit en mouvement, charriant avec lui ses passagers, et tandis que Caroline poussa un cri de porc que l'on égorge, Shaineze resta plantée devant Solène. On entendit en toile de fond un rapide decrescendo de triolets ; derrière lui montait pour le remplacer un flot d'insanités proférées par un homme vêtu d'un polo délavé et d'un vulgaire sac banane, englué aux rails.

Solène observa alternativement la petite fille inexplicablement stoïque et ce type débraillé aux cheveux bouclés brun charbon, à la mine pâle, en proie à une incontrôlable hystérie.

Youssou empoigna immédiatement son portable, sans se démonter, tandis que Caroline se tenait les cheveux. Deux double-croches tintèrent, permettant une habile résolution du son, puis :

— Plus de batterie… merde !

Solène tenta de rassembler ses esprits, se détachant avec peine du regard de la petite fille. Un bleu azuréen, profond, et une étincelle qui suggère le mystère, là, tout au fond.

La prof saisit son portable, tremblante.

— Quel âge as-tu ? demanda Solène à la petite, incapable de soutenir plus longtemps son regard perçant.

— J'ai huit ans.

— Et où habites-tu ?

— Clichy-Sous-Bois.

Je ne pense pas avoir intégré ces liens de causalité dans ma théorie bancale sur le suicide d'Évreux, pensa Solène. Ou plutôt… qu'avait-elle à faire en P.J. dans un scénario dont elle ne maîtrisait pas toutes les ficelles ? Mais si elle n'en maîtrisait pas toutes les ficelles, était-elle en train de rêver ?

— Shaineze, anticipa la petite fille.

Mon PC est vidé de batterie, Shaineze, si tu savais…

Un abominable relent souleva le cœur de tout ce petit groupe : le type en jogging s'était rapproché et leva la main :

— Salut, La Galère .

— Bonjour la galère, bougonna Shaineze.

Le nouveau-venu éclata de rire lorsqu'elle se présenta :

— So, you're chinese ? I'm french, and j'ai raté le train, ouep.

Caroline était visiblement mal à l'aise, cachant comme toujours sa lividité sous son maquillage bon marché, car à ce qu'il se raconte un professeur en Île-De-France serait moins doté financièrement qu'un professeur de province.

— Je n'ai plus de réception, mais j'ai de la percussion, plaisanta-t-elle.

— Je t'ai déjà dit de ne plus faire ce genre de blagues, ordonna Youssou en tapotant alternativement ses pouces et ses index, et il en est de même avec vous, monsieur La Galère. Epargnez-nous simplement tout jeu de mots.

Sous le haschich, il y avait une odeur bien plus subtile, proche du moisi, et le gars avait les pupilles complètement dilatées. Son débit de voix s'accélérait, en même temps que ses mains qui tâtonnaient son sac banane et son pantalon un peu tâché…

— Qu'est-ce-qui se passe, mon ami ? demanda Youssou.

Il s'était présenté comme « La Galère » avec une inflexion de voix qui supposait que c'était un prénom tout à fait régulier. L'intéressé jaugea ses compagnons pour y déceler un éventuel danger. Inoffensifs, ceux là, et… il les voyait en mode vieux trip années 1950s, décor légèrement clignotant, et une rage folle lui chevillant l'estomac et le pancréas, qui tenaillait chacun de ses nerfs, n'attendant qu'une petite poussée pour que son cerveau se grignote davantage.

Mais il y avait une gamine… et on attendait quelque chose de lui. Quoi donc ? Il ne se souvenait déjà plus. Circuits de l'intuition annihilés. Il ne trouva rien de mieux à faire que de s'affaisser mollement, sa tête heurtant sans douleur les rails, sans gravité, mais assez sèchement pour qu'il s'évanouisse.

****

Quelque part, à l'orée du bois qui bordait les rails…
Des voix :
— Vous n'avez donc pas de téléphone ?

– Pour quoi faire ?

Puis la même voix :

– Il me faudrait déjà une vie sociale plus en conformité avec votre open world réel pour ça.

– Bah, répondit une autre voix, en guise d'argumentation.

Plus prêt de lui :

– Comment ça va, mon ami ?

Youssou se sentait obligé d'employer cette familiarité avec la Galère.

– Me souviens plus *(il se pressait les lèvres entre les doigts)* je suis ? La Galère.

Allez, une bon sang de couverture de plus, songea la Galère, et un nouveau vocable, convenant à la situation. Bien trouvé.

Il se dressa en tailleur. On entendait plus que le chant des oiseaux. Il y avait vraiment de pires lieux où se réveiller, il en avait eu assez l'expérience. La séance était levée. Les images brutes, telles quelles, l'apathie et l'ennui reprenaient, et son seul remède contre ça était parti au loin avec ses bagages. Jusqu'au cou, La Galère.

Caroline vint à sa rencontre :

– Votre vortex est-il désactivé ? Vous voilà sobre ? « *Celui qui, après avoir été négligent, devient vigilant, illumine la terre comme la lune émergeant des nuées* »[32].

Caroline, vieille peau aux cheveux rouges, s'était légèrement parfumée, lui rappelant ces couguars qui faisait office de garnitures à siège. Banquettes de veaux, banquettes de vaches, pensa-t-il. Il avait envie de jouer au flipper. Avec les troncs. Et lui-même, en guise de boule.

« On me cite Gandhi lorsque je me sens glandu, peut-être que ça me fera grandir, hasarda-t-il. Ah, celle-ci (il toisait Youssou et constata sa musculature conséquente) je la garde pour moi. »

Solène parlait avec la petite fille plus loin. Youssou fit part de son agacement -il ne s'était jamais mis en colère de sa vie- à Caroline :

– Oui, Solène a un pc portable dernier cri, mais ne s'est pas

____

32 Gandhi.

payée de téléphone portable !

Solène comprenait bien le désarroi de Youssou, mais rien ne pouvait la convaincre de passer à ce genre de gadgets, car elle préférait se servir d'avatars virtuels pour converser…

— Ma mère à le même à la maison, fit remarquer Shaineze en pointant du doigt le PC de Solène qui subissait des attaques d'index sur le bouton Power.

La Galère fit irruption dans le dos de Solène. Il se tenait comme un pantin, mais avec l'oreille aux aguets. À jeun à présent.

— Tu fais quoi comme métier ? demanda la petite à La Galère.

Celui-ci rougit et porta son regard loin dans la forêt.

— C'est… commença Solène qui avait sa petite idée sur la question, mais en avait assez de cette question et choisit de couper sec.

— Un joueur professionnel à la retraite, débita spontanément Youssou.

— Allez, allez, s'impatienta-Solène en serrant les dents et en reportant son attention sur son pc portable.

Par moments, l'ordinateur se réveillait pour aussitôt se rendormir.

— Eh bien, moi, je prends mes jambes et je pars faire quelque chose d'utile, annonça Caroline.

La Galère ne pouvait la regarder qu'avec des regards appuyés et pleins de désir, ce qui l'énervait et la flattait à la fois.

La petite à Solène :

— Tu travailles avec ?

— Ikke mer spørsmål, rétorqua Solène sèchement.

Malgré la langue employée, Shaineze avait intercepté le message. Ils se mirent en marche, à présent assurés que la Galère était bien sobre, Shaineze sur le dos de Youssou, Caroline en éclaireuse, Solène en mode muet. Ils partirent, contre toute logique, s'enfoncer dans la forêt.

****

On me les a collés sur le dos, pas possible, pensa Solène, un vrai calvaire. Je jure que jamais plus je ne théoriserai sur les suicides ferroviaires. Se les coltiner, tous, subir la pression constante de la société, jubiler au pays des merveilles vidéo-ludiques. Qu'est-ce qui compte, au final ? Le brouillard ou la glace dure et sans concession du « réel » ? Le corps dissout dans la virtualité ou l'abrutissante sinistrose de la réalité urbaine ?

Nous modelons un idéal, à notre manière. Si Philip K.Dick avait connu des geeks, il aurait renforcé son impression : il n'y a ici pas qu'un seul univers par personne, mais des milliers construits pour un seul être, une infinité de mondes, de stages, levels, appelez-ça comme vous voulez. Certains geeks sont des êtres peu sociables ? Ce n'est pas une maladie, c'est qu'ils n'en éprouvent pas le besoin. Le geek a des milliers d'univers à sa disposition, et même davantage, pour pouvoir se déplacer et agir. Il peut même, par le biais du modding[33], en recréer de nouveaux.

****

Ils avaient commencé à s'aventurer dans la forêt, sans savoir, collectivement, pourquoi ils n'avaient pas pris la peine de longer la voie ferrée.

    —   Là-dedans, il y a de grands méchants loups, mais tant que j'ai ce talisman, ils n'oseront pas approcher ! murmura Caroline à Shaineze pour la rassurer.

    —   Où devais-tu aller ? demanda Youssou à Solène.

---

33 Modding = modification. C'est le fait de créer des modifications grâce à des outils laissés par des développeurs aux joueurs. Grâce à cela, la durée de vie d'un jeu est multipliée, et son intérêt sans cesse renouvelé. Un exemple est celui de Morrowind, sorti en 2002, qui connaît encore une communautés de moddeurs. L'une des plus importantes communautés, en terme de longévité, est celle des joueurs de Doom, il est encore possible d'utiliser les fichiers.wad, contenant les fichiers de base du jeu, et de les combiner avec des modifications récentes. Pour information, Doom date de 1993, le jeu a donc virtuellement une longévité de plus de 20 ans. Des programmes comme Doomseeker permettent de jouer à différentes variantes de Doom (dont le fameux Brutal Doom) à l'heure actuelle, avec une jouabilité fluide clavier/souris et une grande variété de modes de jeu.

– Strategy Game Show, à Paris, pour aller me mesurer aux meilleurs joueurs du monde. Organisé au Parc des Expositions de Villepinte.

– Wow ! Et tu penses être à niveau ?

– Terminé à la 2ème place sur Napoleon Total War à la session 2011, dans une demie-finale d'anthologie, grâce à une disposition éclatée des archers et à une cavalerie suicidaire. Une bataille épique, sanglante. Le moral de mes troupes était au plus bas, mais l'ennemi a fait une grave erreur d'appréciation du terrain en ne tenant pas compte des talus et en oubliant une partie de sa logistique à la maison. Ses soldats étaient nerveux. Ça s'est joué à peu de choses. Cette année, c'est le « Vaisseau Des Étoiles », jeu de bourrins… il va falloir se taper des vagues d'assaut pour gagner une partie. Le choix se justifie par le fait que le Strategy Game Show devait rentrer dans ses frais cette année, avec une marge confortable. Attirer des centaines de Ks[34], certains carrément casual[35], rapporte. Heureusement il n y aura pas de K^2[36].

---

34 Terme extrêmement péjoratif indiquant des adolescents qui souvent préfèrent des jeux sans profondeur scénaristique particulière ni réflexion, dont les graphismes exploitent pleinement la puissance de leurs PCs à 3000 euros. En général, ils détestent la communauté libre et Linux et sont dotés d'un esprit critique proche d'un mollusque.

35 Joueurs occasionnels de jeux vidéo qui se satisfont de peu et sont donc moins exigeants. Ils s'investiront rarement dans un jdr PC ou un jeu de stratégie complexe.

36 Terme inventé par Solène : c'est un K, mais plus prématurément et plus profondément atteint que les autres. Sa vie sociale se résume aux MMORPG et il parle un langage incompréhensible hors de ses guildes virtuels. Accroc, il en a oublié toute notion de vie sociale, et est en échec scolaire permanent lorsqu'il est ado. Le genre d'individus à passer des nuits blanches devant un jeu vidéo sans manger autre chose que des pizzas et de la bière (ou pire des boissons à base de coca) et à ne pas savoir conjuguer le verbe être à l'imparfait du subjonctif, affront suprême. Lorsqu'un K2 devient adulte, on appelle ça un « nolife ». Peut être nocif pour vos factures d'électricité, car il fait tourner son unité centrale avec un minimum de 700w à l'alimentation et refroidit son PC à l'azote liquide. Il peut aller jusqu'à recouvrir de moumoutes ringardes son PC pour l'habiller pendant l'hiver, ou l'appeler « Coco »…

– Ok, je vois, réagit Youssou.

Mais il ne voyait pas. Il ne comprenait pas. Que dalle. Des termes d'un autre monde.

– Dans mon pays, les jeunes n'ont pas trop d'ordinateur personnel. C'est la première chose qui m'a frappé quand je suis arrivé en France. Tout est robotique.

Il marqua une pause et tâtonna une branche au hasard puis :

– À Caen, je vis dans une chambre chez un particulier pour quatre-cent euros par mois. J'y passe de bons moments.

– Nous sommes encore sur le plancher des vaches, cela répond-il à ta définition du bon moment ? demanda Caroline.

Ils sentirent quelques gouttes de pluie.

– … Plancher normand, précisa-t-elle.

– Alors, ma chère Solène, s'amusa Caroline, allez-vous nous faire un petit cours de linguistique ? Ah… ne dites rien. K², c'est une montagne.

– Eh, Shaineze, l'interpella Solène.

La petite tremblotait, juchée sur les épaules de Youssou. Le temps s'était rafraîchi. Il la déposa, lui mit sa veste et la remit sur ses épaules.

– Shaineze, lui demanda Solène, est-ce-que tu sais ce que c'est que du pain ?

– Bah oui, hein, railla la petite, même qu'on peut mettre du fromage ou de la confiture dedans.

Solène jeta un regard mauvais à Caroline :

– Ouvrez un dictionnaire, surfez, inventez.

Voilà, comme un bras d'honneur tendu à la communauté dite « concrète » ou « utilitaire » et à son mépris pour la communauté geek, ces vieilles rombières qui se disent garantes du bon goût ou pire, de la culture.

La roue tourne. Le vocabulaire geek devrait être rentré dans les mœurs, les jeux vidéo décortiqués à la fac, en section audiovisuelle, les bandes-son diffusées à la radio. Les sections de lettres modernes et autres bien-pensants de la culture devraient en prendre de la graine : Michel Ancel[37] et Frédéric Raynal[38] ont été promus Chevaliers des Arts et des Lettres en 2006, certes pas encore Eric Chahi[39], mais c'est un bon début, et même si ce ne sont que des marques d'honneur rendues par des types qui ne sont pas fichus de décoder la moindre ligne de C++, ni même de coder en java, c'est mieux que de se faire arroser de lettres d'amour par Familles de France[40]. Manque des reconnaissances publiques pour certains compositeurs comme Stéphane Picq[41], Philippe Vachey[42] ou encore Pierre Estève[43]. Solène crut savourer un moment de triomphe : Caroline pourrait être la cible idéale. Elle pourrait lui faire payer ce manque de clairvoyance qu'avait pu avoir une certaine vilaine peau de vache qui lui avait collé un 8/20 parce qu'elle avait présenté l'ensemble des épisodes de Mario comme une œuvre majeure classable parmi les canons de la littérature de jeunesse.

---

37 À l'origine de la série des Rayman.

38 Créateur, entre autres, des séries Alone In The Dark (dont le premier épisode est l'origine du genre « survival-horror », dont le principe est de survivre avec des munitions limitées dans des environnements hostiles, souvent fermés) et Little Big Adventure (mélange d'aventure et d'action dans un univers très coloré et tenant du conte).

39 Génial géniteur d'Another World (qu'il a conçu seul en 1991, excepté la musique, se posant en tant que pionnier des graphismes polygonaux et utilisateur audacieux de techniques de rotoscopie dans le jeux vidéo) et de Heart Of Darkness (jeu de plate-formes à l'animation proche d'un dessin-animé, sorti en 1998.)

40 Nous nous permettrons de louer, pour leur utilité publique, et simplement parce que ce sont des jeux ô combien jouissifs, les œuvres suivantes et quelques-unes de leurs suites : Carmageddon, Postal, Grand Theft Auto, Sanitarium, Duke Nukem, Doom, Harvester… etc.

41 Compositeur de la bande originale de Dune (le jeu de Cryo), et co-compositeur des musiques d'Atlantis 1 et 2 avec Pierre Estève

42 Compositeur des musiques de Little Big Adventure 1 et 2 mais aussi du premier Alone In The Dark.

43 Compositeur multi-facettes (jeux vidéo comme la série des Atlantis, Dragon Lore 2, Chroniques de la Lune Noire ; directeur de collection de l'Institut de recherche et coordination acoustique/musique, compositeur de musiques de films, de documentaires, etc.)

****

L'air était froid et moite. La Galère retira sa chemise débraillée, et la mit autour de sa taille, pour se rafraîchir mais surtout pour palier au coup de chaleur dû au manque de substances dans son sang.

    — Attention les yeux ! prévint-il en s'adressant à Caroline.

    — J'ai froid, se lamenta Shaineze.

Attendant d'être légèrement hors du groupe, La Galère sortit une blague de son caleçon, en extirpa une poudre brune qu'il roula dans un papier à cigarettes, y ajoutant quelques fines herbes, puis quelques petits bouts de fougère. Il alluma le pétard qui dégagea instantanément une odeur douce mais pénétrante.

Youssou entonna une chanson de Dimi Mint Abba, tandis que Solène fit signe à tous de se mettre à l'abri sous un grand chêne. Les nuages se vidèrent avec autant d'intensité que la voix de l'étudiant mauritanien. La petite s'endormit petit à petit, bercée par la voix de basse.

La Galère ne les avait pas encore rejoints mais les rassura en criant qu'il devait faire une petite commission avant. Il souhaita d'abord surtout profiter de son petit univers, quasiment en extase :

    — Et merde à la pluie, merde aux coups de pompes et au froid.

Solène défit son sac, jeta son t-shirt Blizzard bleu à Shaineze qui l'enfila aussitôt, puis saisit son PC pour l'allumer. À l'aise, profitant d'une petite accalmie, elle croyait activer son univers profond en appuyant sur power, comme une compulsion, un besoin. Elle l'éteignit, puis le rangea. Malgré la pluie, elle sentit l'acidité du joint de La Galère comme s'il avait été inséré dans sa bouche.

****

Un ronronnement provint du sac de Solène. Celle-ci l'identifia avec stupeur :

    — Mon PC s'allume, comment est-ce possible ?

    — Ces joujoux ont l'air d'avoir plus de ressources que tu ne le penses, ma chère, observa Caroline.

Au beau milieu des bois humides, la machine émit un petit roulement de tambours avertissant de l'ouverture du bureau Linux. Et si, songea Solène, Éric Chahi avait eu envie de se mettre à l'étude de la faune et de la flore après avoir créé puis exploré le Cœur des Ténèbres ?

Soudain, le PC vibra et dégagea des volutes violacées. Le sac vira au vert pomme, et se mit à clignoter. Il devint si brûlant au toucher que Solène le relâcha. Il se mit à léviter. Caroline poussa un cri horrifié et recula tandis que Youssou se colla contre le tronc de l'arbre, sans lâcher Shaineze qui était la seule amusée.

— Putain, chevrota la Galère qui accourut vers le petit groupe.

Puis :

— OK, mec, hurla-t-il en projetant son regard au-travers des branchages, se sentant porté vers le ciel par des mains invisibles, OK ! (il se frappa le front et secoua son joint pour l'éteindre, ou plutôt c'était la pluie qui venait de le faire à sa place) OK, j'arrête (mais ce n'était pas la première fois qu'il disait ça) !

Il s'approchait des sommets du chêne, parce que, concrètement, il avait cessé de piétiner les fougères et s'envolait vers le haut de l'arbre.

****

Il mit ses bras en croix, croyant être touché par la grâce divine et atterrit en douceur sur une branche, totalement perché…

— Reviens-là, toi ! (Solène avait entrepris d'escalader l'arbre pour aller le chercher, s'écartant de l'emprise de Caroline qui avait tenté de l'en empêcher.)

— Ils ne savent plus quoi inventer, argua Youssou, jouant avec fausseté un flegme qui ne lui allait pas.

— Il va retrouver sa maison, le petit ordinateur ? demanda Shaineze

Solène chuta lourdement dans la terre meuble et humide.

— Oui, répondit-elle, jetant les morceaux de boue collés sur

37

sa veste et laissant quelques morceaux de terre normande dans ses cheveux…

Solène vit son PC se rapprocher du tronc, à peu près à mi-hauteur. Youssou déposa Shaineze, puis accourut à sa rencontre, et l'aida à se relever, mais tous furent hypnotisés par le PC, qui perdit peu à peu sa couleur vert pomme, et qui, en quelques secondes, se fondit dans le tronc et disparût à l'intérieur.

Solène se frotta le visage de dépit, le maculant de boue et d'humus.

— Eh ! Et moi ? hurla La Galère pour se signaler.

Sa voix se perdait dans le tumulte de la pluie qui reprit de plus belle. Chacun restait bloqué, interloqué par la fusion entre le PC et le « cœur de l'arbre ».

— Ohé ? répéta-t-il, perché quasiment au sommet de l'arbre, défoncé.

****

La Galère avait crispé ses doigts, dont les ongles entaillaient la branche rugueuse. Celle-ci dégageait une odeur de boiserie meringuée. Et une tournée de sucre pour La Galère ! Une envie folle pour lui de croquer, d'épuiser toutes les réserves de sucre à sa disposition, jusqu'à s'en péter le foie, dévorer pour le seul plaisir, quasiment sexuel, de saturer ses muqueuses de poudre blanche. Consommer du sucre blanc, c'est bouffer de la cocaïne, sans les risques judiciaires. Ah ! Combien il en avait envie ! Ça lui rappelait que lorsqu'il était en manque, il achetait trois sacs de 500 grammes de sucre en poudre, le mêlait à de l'eau ou du lait, moit' moit', puis piochait dedans à la petite cuillère. Ses dents étaient cariées, et une canine avait pourri, mais encore le film défilait, la toute hideuse réalité, couleurs ternes, arbres angoissants et taquins, confusion constante. Pas de grigri pour chasser le mauvais œil. En bas, la gamine. *Il faut préserver l'innocence, son innocence, à elle.* Mais La Galère zyeutait qu'elle ne jouait pas à la même hauteur, alors il bouffa un petit bout de branche dont l'excessive et intrigante amertume disparût au profit d'un goût très proche d'un sirop de glucose…

— Mais qu'est-ce-qu'il fabrique ? se demanda Youssou en faisant de grands gestes, eh ! Descends de là !

— Il… a décidé que c'était l'heure de goûter, répondit Solène, effrayée.

Seule Shaineze avait gardé son calme. Les enfants utilisent leur imagination pour dépeindre le monde réel, donc même ce qui sortirait de l'ordinaire pour un adulte ne paraîtraient rien de plus que du jeu.

— La Galère, calmez-vous ! beugla Caroline alors qu'elle recevait des copeaux de bois dans ses cheveux rouges.

Mais La Galère n'avait rien compris en fait, les consonnes liquides disparaissaient facilement lorsqu'il était défoncé. Et puis, rien ne pouvait plus l'empêcher de grignoter bêtement la branche, campé face à son tronc, les gencives saignantes, insensible à la douleur. Soudainement pris de violentes convulsions, il paniqua et se retrouva suspendu en un clin d'œil, en mode koala, la tête en bas, la mâchoire collée, laissant tomber de temps en temps de petits morceaux de bois humides. Voyageant au travers d'un cerveau en fusion, la dopamine maline transitait en paillettes désordonnées dans ses neurones tandis que du trou béant qui s'emplissait de fausse saveur de glucide s'échappait un râle de fumée refroidie par une pluie teintée acide qui semblait avoir déserté Paris pour venir hanter ce bois paisible de Haute-Normandie.

Ça ressemblait à une intense méditation électronique sans les effets de médication. Destruction sourde et rampante, cancer du koala qui bouffait sa branche. Rampant, l'animal devenait son propre parasite, en érigeant son refuge, en bouffant son hôte autant qu'il était bouffé lui-même. Il pourrissait de l'intérieur. Son arbre était le refuge de sa souffrance, de sa douleur, qu'il voulait partager avec le monde. Hélas, ce qu'il en voyait n'était que le reflet de son propre univers desséché, qui lentement, inexorablement, se consumait. Les petits êtres qui le peuplaient étaient les lutins de son enfance et parce qu'ils refusaient de partir, il les haïssait, eux et leur innocence, et cependant… il refusait cette impuissance qui était la sienne. Le passé est un vieil ennemi dont on ne se lasse pas. C'était pour La Galère un énergumène possédé qui agitait les lutins comme des marionnettes, en permanence, sous ses yeux. Il lui donnait la nausée. Et il bouffait son sucre, comme un rat de labo, frénétiquement, dans un délire égocentrique dont la seule issue était la mort.

Contrairement au geek, le camé ne maîtrise pas les univers qu'on lui donne et cela le rend réellement malade. Il n'a pas su ériger la moindre culture de ses visions, ne sait élaborer de syntaxe, ne sait construire ni compiler ce qu'on lui propose. Il ouvre le bec, et avale, sans rien retenir. Le camé cherche à comprendre sans cesse la vie, à lui filer le sens qu'il ne peut lui donner.

Solène avait, elle, déjà touché aux drogues, maltraitant ses personnages, qu'ils soient cyborgs ou humains, à coup de jet[44] ou de brume rouge[45]. Elle n'avait pas eu besoin de sortir fréquenter les camés pour comprendre la véritable nature d'une drogue[46].

— Saute ! hurla Youssou, la terre est molle. Au pire, tu te feras quelques ecchymoses…

La Galère jeta un coup d'œil en contrebas. Il ne distinguait rien qu'un trou noir. Le vide n'existait qu'en unique occurrence dans sa grammaire cognitive. Il ne pouvait accéder à la capacité logique de différencier des définitions. Vide. Précipice. Néant. La perception spatiale. Passer au fond d'un trou sans fin, laisser sa personnalité, mourir, renaître… les actions se mélangeaient sans qu'il ne soit en mesure d'en sélectionner une. Il sentait la gravité le ferrer, et une irrésistible envie, non un besoin, de choir et tout laisser crever, laissant sa carcasse de junkie se mouvoir dans des

---

44 Drogue présente dans le jeu de rôle Fallout 2 développé par feu Black Isle et sorti en 1999, confectionnée à base de bouse de brahmine, que l'on peut administrer au personnage que l'on a créé, mais au risque de graves effets collatéraux, notamment sur ses caractéristiques de perception, et pouvant lui provoquer une désagréable dépendance. Pour savoir ce qu'est une brahmine, jouez à Fallout 2 !

45 Drogue utilisée sur les cyborgs, dans le jeu de stratégie Syndicate Wars, (Bullfrog Productions, 1996) pour améliorer leur visée.

46 Elle s'est documentée dans les terres dévastées.

ténèbres éternelles. La contradiction se liait au besoin de rester sur la branche pour narguer les abysses, de profiter d'une solitude désordonnée. Il n'imaginait personne pour l'attendre les bras tendus.

— J'y suis vissé, ricana-t-il

Il se rendit compte que ses cuisses s'étaient incrustées dans la texture boisée, qu'il pouvait bouger les pieds au travers de la matière sans pouvoir se mouvoir correctement.

(Ailleurs, une main cliquait frénétiquement sur le bouton gauche de sa souris. De son propriétaire surgit un râle. La sœur jumelle de la métacarpienne frappa un coup sec sur une table sans forme, mauve baveux.)

****

— L'angle de son pied passe dans la branche, il buggue[47], fit remarquer Solène, il n'a qu'à se mettre debout sur le bord, un pied dans le vide, et tenter de tenir dessus. Tant qu'à faire, pourquoi ne pas lui coller une paire de seins[48] et une queue de cheval…

— Mais qu'est-ce-que tu racontes ? lui demanda Youssou. Enfin, il…

En effet, les jambes passaient au travers du bois, et La Galère se déplaçait de gauche à droite, parallèlement à la branche. Solène semblait voir un curseur le bouger comme s'il s'agissait d'un modèle 3D basique. Au-dessus elle discernait presque une main immense, la paume striée, sans marque sur les phalanges. Elle s'étendit dos contre terre pour mieux regarder et vit dans toute son étendue les doigts qui s'acharnaient à déplacer La Galère, et qui réussit finalement à l'acheminer hors de vue.

---

47 Un bug est une petite anomalie dans un jeu ou un programme informatique quelconque. Certains bugs sont compilés et envoyés sur Internet pour faire rire la galerie, et ils sont aussi recherchés que certains fromages corses : on veut bien les exposer mais on éprouve une certaine résistance à les consommer.

48 Celle-là qui a fait comprendre aux geeks l'expression « arrondir les angles » au fur et à mesure des épisodes. Ils en tombaient raide.

Youssou, agrippé au tronc :

— Je veux bien croire en n'importe quoi après avoir vu ça. Il s'est… envolé.

Shaineze éclata de rire. Solène restait immobile, mais ne fut pas spécialement surprise :

— J'espère que vous l'avez tous vue, la main.

— J'ai surtout vu La Galère… nous fausser compagnie par la voix des airs, persifla Caroline.

— La main, ironisa Solène avec fermeté, quelque chose le portait.

Son changement de ton correspondait aux connotations que l'on avait dans la voix lorsqu'on voulait faire comprendre à une personne qu'elle faisait semblant de ne pas comprendre ce qu'on lui disait. Quelques gouttes vinrent s'écraser sur son visage pour toute répartie, lui rappelant qu'elle était couchée dans de l'humus, trempée. Un nouvel éclat de rire de Shaineze vint interrompre sa réflexion. Caroline avait été enlevée à son tour. Le sol spongieux de la forêt n'était plus qu'une gouache vert pomme/terre de sienne normande.

— Ne bougez plus, recommanda Youssou.

Solène ressentit à cet instant, plus que durant toute sa vie de gamer, un inhabituel réconfort ; la confirmation que la fusion s'était établie, ou peut-être qu'il n'y en avait jamais eue. Elle goûtait de nouveau à l'ivresse de la déambulation spirituelle au milieu des modèles 3D, du voyage en trilinear filtering[49], chaque pixel semblant onduler au gré des effets de lumières, s'imaginant l'avatar d'un monde ouvert démesuré, aux multiples opportunités. Mieux, elle savait, au fond se son cœur, que cette fusion était réelle. Elle se sentait légère, ses yeux pétillant de bonheur, une sensation que l'on ne trouve que dans l'amour ou lorsqu'on est proche de découvrir le secret de l'Île Aux Singes[50].

Elle faillit hurler de joie lorsqu'elle vit le rectangle de sélection

---

49 Filtre tri-linéaire, appliquée sur des textures pour leur donner un cachet plus net.

50 L'humble auteur que je suis n'a jamais réussi à le découvrir, malgré des études poussées et des litres de bière de racine consommés.

au-dessus d'eux.

— Il ne peut pas passer sous les épais feuillages, je m'en doutais, observa Solène.

Mais la main s'entortilla autour de l'arbre et le chêne fut déraciné en un instant et replanté quelques mètres plus loin, faisant vaciller nos trois compagnons qui décampèrent rapidement, Shaineze ayant regagné sa place sur les épaules de Youssou.

Enivrée par cette poussée d'adrénaline soudaine, Solène crût entendre jouer dans sa tête la brutalité métallique du riff de At The Doom's Gate de Robert Prince, à ceci près qu'elle était désarmée et que c'était elle la victime, et que la forêt n'avait rien d'un cauchemar labyrinthique... Mais Solène décidait d'adapter la bande-son qu'elle voulait à la situation. À vrai dire, elle avait des bandes-sons adaptées à TOUTES les situations.

Youssou, malgré le poids de Shaineze sur ses épaules, courait trop vite. Son allure fatiguait Solène. Soudain, elle se souvint que dans les jeux de stratégie temps réel, les balayages étaient souvent unidirectionnels et que pour les provoquer il fallait se déplacer avec la souris sur les bords de l'écran ou se servir du clavier.

— Youssou ! Cours en essayant de varier les déplacements ! cria-t-elle soudain.

Comme pour seule réponse, la pluie se remit à tomber. Le vent se mit à souffler en rafales. Youssou s'arrêta un instant, le temps d'attendre Solène. Il opina du chef.

— J'ai faim, se plaigna Shaineze.

Solène vit nettement l'objet se balader au-dessus d'eux.

La main restait immobile, semblant hésiter. Solène pointa du doigt l'immense main et se retourna vers Youssou :

— Regarde-là, tu ne vas pas me dire que tu ne vois rien, quand-même ?

— Je ne sais pas de quoi tu parles Solène, répliqua Youssou en haussant les épaules, mais la seule chose dont j'ai envie, c'est de me carapater au chaud quelque part et de comprendre ce qui peut bien diable se passer.

****

La main restait suspendue, dans une immobilité qui n'augurait rien de bon. Un bel oiseau de proie sur le point de fondre.

— Son usager est sûrement parti chercher une bière au frigo, évalua Solène. Profitons-en.

— Mais…

— Au pas de course ! Peu importe ce que tu vois, moi je ne suis pas aveugle, allez, en avant !

Le début de soirée ne tarda pas à tomber, et Solène se dit qu'elle n'atteindrait pas « l'hôtel Jasmine » près de la gare Austerlitz, ce soir. Le Strategy Game Show était demain soir et elle en avait profité pour prendre en avance son train de façon à pouvoir s'entraîner à l'hôtel et à réfléchir aux stratégies possibles pour défaire ses adversaires. Hélas, s'entraîner sans son PC portable… et cette pluie battante ne l'inspirait guère. Elle avait le visage humide, couvert de quelques débris végétaux, ses vêtements étaient sales et elle commençait à ressentir les limitations de son corps. Ils ne couraient pas avec une cadence trop élevée, d'abord parce que Solène n'avait pas les capacités de Youssou (Force 15 Dextérité 13 Intelligence 14… et sans doute vitesse 3/5 avec un malus de -1 pour le port de charge), ensuite parce que le sol étant devenu fortement boueux et glissant, il n'était pas question de blesser Shaineze. Cette dernière semblait prendre la marche pour un jeu de piste dans les bois. Elle avait de la chance d'être encadrée par deux adultes. Elle faisait preuve d'une étonnante endurance et ne pleurait pas.

****

Ils rattrapèrent bientôt un pan d'une voie ferrée désaffectée.

— Nous allons nous renseigner au village, conseilla Youssou.

« Oui, sans doute, il a plus de points d'initiative que moi et un peu plus de charisme, il fera l'affaire », pensa Solène. Ils enjambèrent la voie, leurs vêtements maculés de boue, et débouchèrent devant un mur. Youssou déposa Shaineze à terre qui aussitôt se mit à pleurer, et lui passa une main sur la tête :

— Nous allons marcher jusqu'à une maison et nous appellerons ta maman.

La petite fille semblait flotter dans la veste de costume que Youssou lui avait mit sur le dos.

— Nous ferions mieux de nous activer, suggéra Solène.

Pourquoi me donne-t-elle l'impression de ne pas pleurer avec sincérité ? Cette petite fille est vraiment étrange ! Elle n'a même pas réclamé sa mère de tout le trajet et ne semble pas montrer de signes de fatigue !

Youssou fit aussitôt la courte échelle à Solène et elle enjamba l'obstacle, non sans difficulté du fait du poids de son sac. Il hissa la petite pour qu'elle passe et Solène lui ordonna de sauter de l'autre côté. La réception fût douloureuse pour Solène qui faillit tomber à la renverse mais se passa bien pour Shaineze qui eut sa chute amortie. Il entreprit d'escalader ce muret mais il n'y avait pas de prise satisfaisante. Deux mètres cinquante n'étaient pas faisables en sautant. Il analysa les objets alentours mais il n'y avait que les pierres de la voie ferrée. De plus, la surface était rendue lisse par la pluie. Il frappa un coup sec sur le mur pour tester sa solidité mais celui-ci tenait bon. Il n'eut pas le loisir d'y réfléchir plus longtemps lorsqu'il entendit des appels de l'autre côté du mur.

— Elle est revenue ! Dépêche-toi Youssou ! Vite !

Mais Youssou ne voyait pas à quoi faisait allusion Solène. Après les événements il voulait bien néanmoins la croire sur paroles. De son côté, Solène voyait nettement la main avancer à une vitesse effrayante vers leur position. Celle-ci, en un clin d'œil, flottait au-dessus d'eux. Elle pinça un point invisible puis le ciel prit une teinte grise au-dessus de la tête de Solène. Elle commençait son rectangle de sélection. Solène courut en arrière avec la petite et se précipita vers un cercle composé de sept moutons qui paissaient tranquillement au milieu de la prairie où elle se trouvait. Elle se calfeutra sous l'un d'eux. Shaineze la suivit, courant sous la main qui suivit son trajet sur quelques mètres avant de revenir vers le mur. Elle mit ses bras autour d'elle, comme une mère.

Youssou avait échoué à ses deux tentatives de grimper le muret, s'étant même blessé au niveau des ongles en tentant d'agripper la surface. La main s'abattit sur lui et l'agrippa par la chaussure. Solène vit la main tracter Youssou par le pied et l'embarquer dans le ciel, à peu près à quatre mètres de hauteur. Là, elle s'arrêta, suspendue au-dessus du muret, comme si elle réfléchissait à la marche à suivre.

« Il ne trouve pas la touche correspondante », allégua Solène, sûre de son fait, « Ou bien il a renversé sa bière sur son clavier, typique des losers des soirées réseau[51] ».

Heureusement, Youssou eut le réflexe et la force de se secouer en tout sens. La chaussure de ville était maintenue par sa largeur et il pouvait grâce à l'humidité, espérer l'ôter. Il se tortilla et réussit finalement à entamer sa chute. Au-dessus, la chaussure disparut littéralement dans la main. Youssou sentit le choc, le bras en avant sur la terre meuble et sentit un craquement. Il ne put tout de suite se relever, étourdi par la douleur. Solène courut vers lui, laissant Shaineze sous une brebis, mais buta dans un mouton qui ne bougeait pas. Elle escalada la laine et roula sur le dos de l'animal avant de se vautrer dans la terre boueuse. Elle reprit tant bien que mal son équilibre et partit voir Youssou. Shaineze, plus maline, était passé entre les pattes des animaux.

****

La main avait à présent disparu. Au sol, Youssou gémissait. Solène l'aida à s'asseoir :

— Tu m'as l'air d'avoir le bras en bouillie.

— Je ne peux plus le bouger, je crois que ça sent l'hôpital cette affaire, se risqua-t-il.

Solène tira de toutes ses forces sur l'autre bras de Youssou et

---

51 « Pour la dernière fois, Michel, lorsque tu joues à HOMM3 en réseau, sois raisonnable : tu sais bien que tu ne peux réfléchir sans te gratter le menton et en utilisant la même main qui porte ta bière. »

alors qu'il se remit debout, il poussa un cri étranglé en se tenant la poitrine. Solène lui maintint fermement la main pour savoir s'il était encore assez valide, puis l'empoigna par le bras, pour marcher jusqu'aux pâtés de maison qu'ils pouvaient apercevoir au bout de la prairie. Ils traversèrent une prairie plus petite puis longèrent un petit chemin entre deux murets, avant de se trouver à côté d'une église puis de déboucher dans une rue. Solène eut le réflexe de sortir son PC mais son sac n'était pas plus là que son fidèle tablet. Elle l'avait laissé sous le chêne. Elle en eut presque un coup d'arrêt et un pincement au cœur. Heureusement, son sac était imperméable, et il était resté hors de la zone quand l'arbre avait été retiré du sol.

Youssou poussa quelques gémissements de douleur :

—   Il faut trouver de l'aide dans le village, ça commence à faire mal.

Solène corrigea :

—   Là, il s'agit de notre objectif de mission. Nous sommes donc dans l'Eure, en Haute-Normandie, poursuivi il y a peu en pleine forêt par une main géante qui nous a ravi deux compagnons de route, la Galère et Caroline, pour les emmener quelque part au-dessus des cimes… vous devez, capitaine Solène, amener Youssou dans l'unité de soin la plus proche afin qu'il puisse recharger son mana et se lancer des sorts de soin. Shaineze, votre seconde, bien que mineure, doit servir d'élément de diplomatie vous permettant d'avoir un contact rapide avec la population locale. Assurez-vous de faire votre stock de rations et de leurres-hologrammes pour la prochaine mission, pour nous permettre d'effectuer les captures d'écran nécessaires à l'identification de la main et de ce qu'il y a derrière.

—   Une mission, rêvait tout haut Shaineze, encore prise par le jeu.

Solène continuait de soutenir Youssou qui semblait tourner de l'œil. Il pesait assez lourd, mais les missions de déménagements effectuées pour le compte de ses amis PJs lui avaient augmenté ses points de force. Une légère odeur ferreuse s'échappait de son compagnon, mais elle savait qu'il lui restait assez de points de vie pour ne pas être inquiété par la suite des événements. Quand à Shaineze, elle faisait montre d'une bonne ténacité malgré l'effort qui lui était demandé eu égard à un âge où elle était déficitaire dans la filière aérobie.

****

Ils parvinrent face à une exploitation, d'où des effets de lumières jaune d'œuf typés Quake 2 sortaient. La qualité graphique avait légèrement baissé, semblait-il, alors que nous étions dans un paysage charmant et pittoresque, mais les effets de bump mapping restaient particulièrement réussis lorsqu'on s'approchait des murs, fallait pas déconner quand-même[52].

Le jour avait légèrement baissé, et un voile de ténèbres semblait se répandre dans le ciel de la Normandie. L'air était à présent totalement saturé en humidité, devenu très peu respirable. Solène, à demi suffoquée par les poids conjugués de son sac et de Youssou, finit par avoir une quinte de toux. En s'avançant vers l'habitation en face d'elle, elle eut de plus en plus de difficultés à marcher. Shaineze marchait avec une certaine nonchalance à côté d'eux.

Un élancement lui prit l'avant-bras, et elle dut appuyer Youssou contre un mur. Il était à présent presque inconscient. Solène tenta de lui parler pour stimuler son attention mais n'en tirait plus rien. Une main se tendit à côté d'elle, d'apparence assez vieille. Solène bondit en arrière, presque terrorisée ; elle avait eu son lot de mains pour aujourd'hui. Heureusement, elle put remonter des yeux jusqu'à l'imperméable vert et à la tête de son propriétaire, une femme au teint pâle, dont on pouvait apercevoir les traits creusés d'une âme expérimentée. Elle prit connaissance de l'état physique de Youssou :

---

52 Les joueurs PC peuvent être particulièrement exigeants envers la qualité graphique d'un soft. Certains, toujours désireux d'être des vaches à lait de l'industrie des composants informatiques, seraient prêt à mettre 300 euros de plus dans le très haut de gamme d'un même modèle de carte graphique, seulement pour avoir 2 images/secondes de plus ; on les soupçonne d'avoir subi des modifications génétiques à la rétine par des agents Nvidia infiltrés

48

— Je peux peut-être vous aider, je suis médecin.

Solène se releva, non sans un nouvel élancement. La position qu'elle avait prise pour porter Youssou n'était sans doute pas très adaptée, et elle crût reconnaître la douleur caractéristique d'un lumbago naissant. Elle tenta de décliner son métier, pour imiter le P.J. qui lui adressait la parole, mais se ravisa un instant, sans doute parce que ça ne faisait pas très roleplay de dire qu'on était joueuse professionnelle dans un moment pareil.

— Ce sera avec plaisir, approuva simplement Solène.

****

Le médecin adressa la parole à Youssou en lui tenant la main. Il répondit en pressant très faiblement la main du médecin, puis fut porté par plusieurs bras jusqu'au cabinet le plus proche.

— J'étais depuis quelques jours à la retraite et mon cabinet n'avait pas encore été rangé, reprit la femme en haletant sous l'effort, mais voilà que vous vous présentez, vous avez de la chance, tout de même.

L'espace d'un souffle, Solène crut entendre ces conversations de mauvais point-and-click, de celles qu'on finit par zapper avec la barre espace lorsqu'on les a assez entendues, pour que le personnage avec lequel on interagit en arrive directement au sujet qui nous intéresse. La phrase semblait avoir été enregistrée en avance, tout comme le script de la marche de la vieille femme, au niveau des jambes notamment.

Solène avait une vague idée des cabinets de médecin, car elle ne s'y rendait qu'en de très rares occasions pour commencer et parce qu'elles les pensaient inutiles. De toutes façons, elle possédait assez de points de vie pour aller jusqu'à ses quatre-vingt dix printemps. Il n'était nulle besoin de lui rappeler les sacro-saintes règles du manger-bouger. Du sport ? Elle sortait l'émulateur Neo Geo et s'entraînait sur King Of Fighters 98 ; de l'entraînement cérébral ? N'importe quel grand STR faisait l'affaire ; du bien-être social ? Il y avait foule de gens dans les point-and-click ou les rpgs open world avec lesquels parler, et cela devenait même intéressant lorsqu'on pouvait discuter dans les mmorpg. Le bien-être physique, social et mental était assuré. Restait un petit détail du bien-être physique des geeks qui restait problématique, encore plus peut-être chez les hommes… mais tout geek a ses secrets.

Un bref coup d'œil sur un panneau et sur la plaque du médecin indiquait en tout cas que le petit groupe se trouvait à Grosley-sur-Risle. On pouvait lire nettement «Thérèse Mollet, médecin-endocrinologue». Ils grimpèrent les marches de l'entrée pour s'engouffrer dans une vieille bâtisse poussiéreuse qui tenait plus du cabinet d'interrogatoire clandestin du KGB que d'un cabinet de médecin. Le hall intérieur offrait chaleur et réconfort à Solène, surtout à ses bras. Shaineze restait en arrière des deux adultes, la mine déconfite. Pourquoi n'appelait-elle pas sa mère ? Elle voyageait avec des inconnus, et elle avait brièvement fréquenté un drogué et une littéraire, et puis bah c'était effrayant ça les littéraires, d'autant plus s'ils étaient écrivains, sans aucun doute les pires énergumènes avec les testeurs de jeux vidéo.

Le cabinet avait été aménagé sur le lieu d'habitation du médecin. Il suffisait d'avancer et de passer les escaliers pour accéder aux salles d'attentes et aux cabinets. Pour des raisons de sécurité, on ne pouvait accéder aux escaliers qui étaient barrés d'une grille cadenassée. Thérèse fouilla ses poches et lui transmis la clef :

— Vous pouvez prendre une douche salle du fond, si vous le souhaitez, et ne lésinez pas sur le savon d'Alep, j'en ai un bon stock. Il faut en profiter, car avec la guerre là-bas en Syrie, on ne peut plus se fournir. J'ai dans ma penderie un jogging violet qui appartient à ma fille et qu'elle a laissé ici. Servez-vous !

Solène eut un mal fou à se débarrasser de Youssou, parce que sa prise n'avait pas été très bonne, par contrecoup de la fatigue surtout.

****

Lorsqu'elle arriva dans la salle de bain, elle déposa délicatement son sac. Le lieu était décoré avec diverses statuettes qui lui donnait l'impression d'être observée en permanence. Elle se déshabilla non sans mal, percluse de douloureuses contractures, et s'étala de tout son long dans la baignoire en laissant couler l'eau.

Elle tenta de résumer rationnellement la situation alors qu'elle s'immergeait dans le liquide. La volonté de se « sociabiliser » avait terminé par un train qui l'avait abandonné, en compagnie d'une petite fille et de trois adultes. Comment se fait-il qu'aucun agent n'ait vérifié que tous les passagers étaient bien montés dans le train, et que la mère de la petite ne l'ait pas appelée ? A priori, la mère pouvait avoir noté et l'absence de Shaineze, et l'absence de Solène, et donc en conclure à un enlèvement. Que venait faire ici « La Galère » qui ne semblait pas faire partie des passagers, comment était-il monté à bord du train avec de la drogue en poche ?

Et puis lui vient une idée, irrationnelle. Si la main géante était bien ce qu'elle pensait -après tout elle n'avait pas inventé le rectangle de sélection qui s'était tracé au-dessus de sa tête- alors Caroline et La Galère étaient peut-être des PNJs. Si cette hypothèse s'avérait exacte, alors cela signifiait que Youssou et Shaineze en étaient peut-être. Et elle, qu'était-elle ? Elle écarta ces idées absurdes tandis qu'elle se frottait le corps pour se débarrasser des résidus végétaux. Si elle avait pu communiquer avec eux de façon réelle, ils ne pouvaient être virtuels. Pourtant… la réaction du médecin Mollet et sa voix ultra-stéréotypée -elle aurait juré entendre des doublages français de type Harvester[53]-

---

53   Jeu d'aventure type Point n Click (pointez-cliquez, c'est pas compliqué, si vous ne comprenez pas appelez le 1-900-740-JEDI) ô combien amusant où vous incarnez un jeune amnésique coincé dans une ville étrange, Harvest, où l'empathie et le respect mutuel des habitants semble faire partie de l'Ordre des choses… C'est une ville aux allures de cimetière d'éléphant où tout semble à sa place, où tout rentre dans l'Ordre. Il est déconseillé d'y rester les vendredis pour les collectes de sang…

laissaient croire que…

Elle jeta un œil aux statuettes. Elles étaient assez cubiques, creuses et toutes rectangulaires. Leurs bouches, parfaitement rondes, étaient en bas de visages sans nez, avec des yeux rectangulaires. Solène se leva et sortit de sa baignoire un instant, maculant d'eau le tapis de douche. Des perles gisaient dans le lavabo. Elle en saisit une et la plaça dans la bouche de l'une des statuettes. Rien ne se produisit à part le résultat d'une perle coincée à l'intérieur. À quoi pensait-elle ? Elle termina sa toilette perplexe, en proie au doute, et ne cessa de regarder son corps tandis qu'elle s'essuyait. Elle n'y vit rien qui pouvait ressembler de loin ou de près à une texture artificielle mais se félicita de son bon état général. Elle sortit en serviette et se mit en quête du jogging bleu.   Elle le trouva dans une armoire blanche et rafistolée, dans la chambre attenante à la salle de bains. Au pied de l'armoire, elle découvrit quelques câbles sous une couverture marron. Elle retira délicatement la couverture et découvrit, éberluée, un Amiga-500. Ceci renforça un peu plus la sensation de ne pas appartenir au monde réel. Le plastique n'avait pas été altéré, loin de là, et l'emplacement à disquette n'avait pas souffert des morsures du temps. Elle se laissa tomber sur le lit à ressort et contempla, avec béatitude, la légendaire machine qui se tenait devant elle. Elle eut presque de la pitié en cet instant pour ces jeunes joueurs qui n'avaient pas connu cette merveille qui avait fini par être détrônée par le PC, plus flexible, plus modulable sans doute. La fatigue la gagna peu à peu… c'est elle qui semblait accuser le poids des âges, après tout. Les humains ne sont pas éternels, les ordinateurs de légende, si. Elle n'eut pas envie de descendre tout de suite, charmée d'abord par l'objet, puis désireuse de fouiller l'étage à la recherche d'indices. Elle commença par visiter l'autre chambre de l'étage, qui n'avait rien d'exceptionnel. Elle pensa à une corde, car les cordes étaient toujours là lorsqu'il fallait chercher des objets, c'était bien connu.

Elle prit le temps d'arpenter la chambre de long en large, pour avoir le plaisir d'entendre craquer le du plancher sous chacun de ses pas, puis resta devant les carreaux de la fenêtre. Dehors, la pluie était battante, agrémentée d'un vent fort vif, très normand en somme. Dans cette purée humide, Solène tentait de discerner la main qui les avait pourchassés.

Dans la chambre voisine, elle remit la couverture sur l'Amiga-500 et descendit avec son sac. Une voix volubile lui fit comprendre que Shaineze avait retrouvé de l'allant.

****

Si la salle d'attente était vide, le cabinet était encore en état, une myriade de dessins d'enfant épinglés au mur. Youssou était allongé sur la table de médecin, profondément endormi. Il semblait hors de danger, sa poitrine et son bras gauche couverts de bandages. La table de médecin, en contre-plaqué, couverte de lamelles blanchâtres usées, jurait avec le reste du cabinet. À la place du médecin se tenait Shaineze, colorant sur des feuilles de brouillon.

— J'ai dû mettre ces bandages pour consolider Monsieur. Il s'est cassé le bras et déboîté l'épaule. J'ai réussi à remettre l'épaule en place mais je ne peux rien faire pour le bras. Il faut se rendre dans l'hôpital le plus proche. Soit Évreux, soit Bernay.

— Il vaudrait mieux Évreux, choisit Solène du tac-o-tac, car c'est une station qui se trouve sur la ligne que nous prenions tous.

Thérèse fit signe à Solène d'attendre et partit à l'étage. Pendant ce temps, Solène observait les allées et venues de la cage thoracique de Youssou et ne put s'empêcher de ressentir un peu de pitié et d'affection pour le malade. Elle écarta rapidement toute autre forme de sentiments. Faire preuve de sentimentalisme n'était qu'un moyen de se faire manipuler, rien de plus. Il fallait garder la tête sur les épaules et tenter de rester avenante, rien de plus, pour assurer sa sociabilité. Le reste lui semblait peu important. Toutes ces histoires d'âmes qui se liaient et se déliaient au gré des passions, des saisons, l'avaient quelque peu refroidie sur ce sujet. Elle ne voyait pas l'intérêt, en ce qui la concernait, d'assurer sa descendance, quand elle pouvait choisir comment élever ce qu'elle engendrait sans douleur, derrière le sacro-saint écran. Elle

53

disposait, pour des raisons pratiques, d'un vaste attirail. Elle se piquait à inventer des mots à des Norns et autres éventuels Grendels, à leur apprendre les bases de la vie et les possibilités que leur offraient les outils mis à disposition ; elle développait ailleurs un orang-outan qui dépassait déjà la taille des maisons et qui de temps en temps boulottait des habitants. Ce dernier jeu avait, à l'instar de Dungeon Keeper, une main représentant le joueur. Solène fit d'un coup le lien avec ces mains et celle qu'elle avait effectivement vue et qui avait kidnappé et embarqué Caroline et La Galère. Son sang ne fit qu'un tour. Ce concept de la main flottante et visible avait été usé par la société Bullfrog pour ses jeux vidéo… Quel lien pouvait-il y avoir entre cette défunte entreprise et cette main ? Peter Molyneux… avait-il comploté en secret pour devenir le maître du monde ?

Thérèse la réveilla de ses pensées :

— Je peux vous faire du chocolat chaud, un thé, un café, ou bien du jus d'orange ou de l'eau, à vous de choisir !

Solène ne choisit rien de tout cela, à cause d'un clapet du duodénum défaillant qui lui empêchait de pouvoir ingérer correctement des aliments trop acides. Les agrumes, le thé, le café et le chocolat en poudre lui étaient naturellement déconseillée. Elle avait très mal vécu le fait de pouvoir dire stop à sa boisson favorite, le grog, dont la consommation lui avait été suggérée encore une fois par un média qui pouvait être bien plus efficace que n'importe quelle publicité[54].

— Alors, que pouviez-vous bien faire dans cette petite bourgade ? demanda Thérèse après une rasade de café.

— Eh bien… nous étions chacun dans le train reliant Caen à Paris, lorsqu'il y eut un accident de personne sur la voie. Descendus pour prendre l'air et nous dégourdir les jambes, nous nous sommes rencontrés dehors et avons sympathisé. Mais, inexplicablement, le train est reparti sans nous. Je n'ai pas entendu d'annonce. Alors, nous avons suivi la voie pour nous retrouver face à un mur que nous avons escaladé, afin de parvenir jusqu'au village.

---

54 Scumm Bar : apéro !

Elle n'avait fait mention ni de Caroline, ni de La Galère.

– Ceci expliquerait la côte cassée de votre camarade.

– Oui, il a fallu que je le porte jusqu'au village. Le bémol, c'est que la petite, Shaineze, qui était assise en face de moi dans le train, n'est pas de ma famille.

– Avez-vous tenté d'appeler la police ?

– Non, nos téléphones étaient déchargés… Mais j'y pense, Youssou doit toujours avoir le sien quelque part dans sa veste.

Solène fouilla la veste détrempée et boueuse qui séchait dans un coin de la pièce -il n'y avait plus rien dedans- et se tourna vers Thérèse :

– Je peux toujours utiliser votre portable…

– Il est sur mon bureau, là… Désolé Shaineze.

Thérèse leva un tas de feuilles sur lesquelles la petite avait dessiné des arbres, deux hommes, deux femmes et elle sur le dos du plus grand colorié en marron. Elle avait ébauché une grande main au-dessus d'eux. Sur d'autres feuilles qui voltigèrent au sol, Shaineze avait tenté de reproduire cette main, vaguement humanoïde. L'un des feuilles vint voler jusqu'aux pieds de Shaineze qui s'en saisit immédiatement.

– Elle peut la voir, murmura Solène entre ses dents.

Perdant sa contenance, elle se précipita vers la petite avant que celle-ci ne réponde et ne ramasse ses dessins. Elle se saisit du croquis représentant la course-poursuite dans la forêt et demanda à la petite, sans pouvoir ajuster son ton, en pointant son index sur la main :

– Tu as vu ce qui nous poursuivait, n'est-ce-pas ? Cette main, là…

– Ben oui, répondit la petite, la très grosse main géante sans bras qui volait vers nous dans la forêt. Qu'est-ce-qu'elle m'a fait peur !

Solène se revoyait Shaineze rire aux éclats lorsqu'il fallait courir et lorsque la main avait subtilisé La Galère, puis lorsque Caroline avait disparu. Cette petite devait rire pour se protéger de la peur, voilà tout.

– Qu'as-tu vu d'autre à part cette main ? Autre chose ?

Thérèse suivait la scène sans parvenir à comprendre ce qu'il en était.

— Non, mais je crois que le petit ordinateur est ressorti du tronc et est resté sur la branche quand on est parti.

Cette fois Solène tenait Shaineze par les épaules, sans contenir sa force :

— Tu es sûre de ce que tu dis ?

— Aïe ! Tu me fais mal !

Elle relâcha sa pression, et repartit sur sa chaise siroter son verre d'eau. Cette fois Thérèse resta interdite, se demandant sans doute d'où sortaient ces absurdités.

— N'appelez pas tout de suite la police, conseilla Solène à Thérèse.

— D'accord, acquiesça Thérèse d'un air néanmoins assez soupçonneux.

— Non, je veux dire, continua Solène, je veux juste pouvoir parler à Youssou et Shaineze avant qu'on parte à l'hôpital et qu'on les appelle.

— Mais enfin ! Pourquoi donc ?

Solène soupira :

— Ecoutez, je sais ce que vous devez penser. Vous m'avez permis de me restaurer, vous avez soigné Youssou, et maintenant vous me voyez faire des manières. Si vous voulez le savoir, mon casier judiciaire est vierge. À part quelques fourmis brûlées honteusement dans ma prime jeunesse et les pertes collatérales dans les Syndicate, le fait de n'avoir jamais réussi à finir Virtua Cop en arcade à cause des civils que j'ai flingués à tour de bras, je ne vois pas trop ce que je pourrais me reprocher. Vous voyez le dessin de la petite sur la table ?

Thérèse regarda en fronçant les sourcils la scène dessinée par la petite.

— Shaineze, dis moi qui il y avait avec Youssou, toi et moi quand nous sommes descendus du train.

— Ça je sais, claironna la petite fille, La Galère et Caroline !

— Vous voyez ! s'exclama Solène en écartant les mains.

Thérèse était confuse :

– Mais qu'est-ce-que c'est que cette histoire ?

– Bon, et Solène en jetant un œil à Youssou, écoutez. On appelle quand-même la police car la mère de Shaineze doit s'inquiéter. On…

– Non ! C'est pas ma maman ! hurla soudain Shaineze en tapant des mains sur la table.

– Shaineze, enfin…

– Pas maman ! Pas maman ! cria-t-elle, je veux pas !

Elle partit soudain dans une colère noire en répétant sans cesse ces mots.

– Voilà autre chose, marmonna Solène.

Shaineze se leva soudain de la chaise et se jeta dans les bras de Solène en pleurant :

– Avec toi ! Je veux rester avec toi ! Pas avec maman !

****

Solène hocha la tête à l'adresse de Thérèse, espérant avoir son avis tandis que la petite semblait vouloir rentrer dans sa poitrine et s'en servir comme d'un nid. D'instinct, Solène caressa sa tête pour la calmer, ce qui eut pour effet de l'attendrir.

Au-dehors, une pluie battante rendait les routes impraticables. Il était inutile de s'engager sous cette purée de pois. Quelque chose tapait sur les murs de la maison.

– Ce sont les volets, expliqua Thérèse, ça fait longtemps que je dois changer les accroches. C'est le battant droit de la chambre à côté de la vôtre. Rassurez-vous, je suis la seule à l'occuper et je suis habituée à ce bruit qui a tendance à m'adoucir. Lorsque j'étais plus jeune et étudiante, j'avais toujours un petit fond sonore pour m'endormir et adoucir mes nerfs. Soit je branchais, bien que ce fût interdit, un chauffage soufflant l'hiver, soit il me fallait mettre un fond sonore.

Solène hocha la tête et sourit à son adresse. Pour sa part, il lui suffisait de mettre n'importe quel album de Klaus Schulze en boucle, cela lui procurait un bien-être fou, surtout les œuvres où le Berlinois usait de claviers analogiques.

✱✱✱✱

Le bois tapait sur le mur avec la régularité d'un métronome, assénant un 4/4 bancal à 40 à la noire qui empêchait Solène de fermer l'œil. Cela lui tapait sur les nerfs. Et à présent elle servait de maman de substitution à Shaineze. Ce rôle qui lui était attribué n'activait pas pour autant son instinct maternel. La pluie, les volets qui tapaient, le plancher qui grinçait sous ses pas au premier étage… Cela lui donnait une furieuse envie d'empoigner sa souris, de saisir Dosbox[55] et de s'envoyer, comme on s'envoie un bon Saint-Nicolas-de-Bourgueil, un Alone In The Dark[56].

La nuit fut agitée, parce que les saccades des volets devenaient de plus en plus irrégulières, et le son n'offrait pas assez de structure. Elle aurait bien enrobé cette sonorité par un habit psychédélique, l'aurait remis dans une bonne marche métrique, lui aurait donné un cœur métallique, un rythme *motorik*[57]. Sa mélomanie se mesurait peut-être en dizaines de milliers d'albums, charriant des litres de fichiers.flac[58] dans des tonnes de gigaoctets

---

55 Émulateur (logiciel permettant de reproduire sur un ordinateur un système qui normalement ne tournerait pas nativement : par exemple, il existe des émulateurs Super Nintendo) qui permet de faire fonctionner des jeux qui tournaient sous MS-DOS, version du système d'exploitation DOS commercialisé par Microsoft dans les années 1980 et utilisé jusque dans le milieu des années 1990. Les jeux DOS tournaient également sur les systèmes d'exploitation Windows jusqu'à ce qu'ils ne puissent plus fonctionner correctement sous Windows XP. Certain(e)s se souviennent de cette glorieuse époque où un Pentium 166mhz, carte vidéo 3DFX, 2 go de disque dur, 32 ou 64 mo de RAM, un écran 17 pouces -au mieux-, un Windows 95 couplé avec un MS-DOS 6.22 faisait de vous le roi du monde.

56 Survivre avec un inventaire limité, alternant phases d'action et d'aventure, c'est probablement inspiré par les courses du samedi au supermarché du coin, non ?

57 Il s'agit de la démarche rythmique utilisée par pas mal de groupes de Kosmische Musik, le rock psychédélique allemand.

58 Le.flac (free lossless audio codec) est un format de fichier audio compressé. Il s'agit d'un format adopté par la plupart des audiophiles car il est sans perte, c'est-à-dire qu'il vous offre une qualité sonore équivalente au support audio initial avant compression.

sur son disque dur sacré. Lors de ses nombreuses escapades virtuelles, il lui arrivait de mêler mélomanie et mégalomanie, ajoutant les longues jam-sessions acidulées de Can[59] aux plaisir du contrôle absolu des jeux Bullfrog[60] ; Populous, Syndicate et Syndicate Wars, et même Theme Hospital étaient des exutoires pour les fantasmes de domination. Mais le monde virtuel était-il vraiment un exutoire ? Cela supposait que le monde réel pouvait à la longue être harassant, difficile, contraignant. Il l'était, sur le plan physique. Mais séparer ces deux mondes était puéril. Ils n'en étaient qu'un seul dans différentes versions. L'espace appelé « monde réel » n'était qu'un vaste open world -ou monde ouvert- sans éditeur ou développeur connu, où personne ne revenait vivant d'un game over. Seuls les continues[61] n'avaient pas été prouvés scientifiquement. Les bouddhistes espéraient sans doute qu'il existait des continues avec différentes possibilités. Quoi qu'il en soit ce jeu non identifié était parfois trop grand public pour Solène -si on prenait comme exception certaines régions du monde- et il lui fallait bien d'autres occupations.

****

On estime que l'imagination aide à s'échapper du monde réel. C'est là une bien belle erreur. L'imagination est ce qui permet, au contraire, d'être ancré dans la réalité. Le rêve n'est pas à différencier de la réalité, il en fait simplement partie puisqu'il est un produit de notre sommeil paradoxal, qui est le résultat de processus chimiques complexes provenant de notre corps. Ceux qui voudraient nous faire croire que les arts, que toute création revêt un caractère irréel ou divin ne sont que des obscurantistes, adeptes de new age, des capuches ou de toute forme de manipulation cruciforme, des amoureux des vieilles pierres. Toute

---

59 Génial groupe allemand.

60 Bullfrog Productions, autrement appelé « machine à pondre des jeux géniaux », du moins jusqu'à sa première mort en août 1997, après avoir pondu sa dernière œuvre majeure, Dungeon Keeper.

61 Lorsqu'un personnage perd toutes ses vies, il lui reste des continues. Ce sont des résurrections virtuelles en somme.

forme d'énergie trouve sa raison d'être, l'imagination est une forme d'énergie, qui, peut-être, à l'instar de la créativité ou du don, ne peut s'expliquer de façon rationnelle. Qu'importe, elle n'est pas un refuge, un exutoire ou un réservoir nous permettant d'aller nager dans le néant, elle est et reste dans la réalité. C'est pour ça que l'on ne peut accuser les créateurs d'être enfermés dans leur monde. Ils ne font que nous rallier à une réalité plus profonde qui nous apporte souvent, ou nous rappelle, cette intensité que nous possédons tous au fond de nous.

****

Son PC lui manquait horriblement. Nue, désarmée, voici qu'elle goûtait de nouveau aux atmosphères nocturnes de sa prime enfance. Elle se revoyait se frayer un chemin hors de l'enveloppe maternelle pour émerger au grand jour, roulant de mains en mains vers sa nouvelle destinée. On lui attribuait alors un patronyme qui serait son code d'avatar principal. Elle imaginait presque sa mère lui attribuer des points de caractéristiques, sa classe, ses attributs, son alignement, la mine concentrée, se grattant le menton, et elle savourant la bande-originale de Michael Hoenig, attendant qu'on la peaufine, à moins que ce ne soit un autre jeu. Elle ne savait plus, prise dans un état de confusion tout à fait irrationnel. Elle n'avait que cette idée-là en tête : pouvoir ne serait-ce que continuer à faire évoluer son personnage, en refaisant une énième partie avec un perso exporté… Le reste tenait en des sueurs froides et des insomnies au fond d'une vieille bicoque de Haute-Normandie.

****

Le matin, Solène découvrit Shaineze couchée auprès d'elle, sa tête appuyée sur son épaule droite. Lorsqu'elle laissa pénétrer la lumière dans la chambre, elle vit ce bois calme, hormis quelques piafs qui chantaient à tue-tête. Elle n'en était pas bien sûre, mais elle crût distinguer des sprites[62] au milieu des arbres, des sprites marrons qui se traînaient, attendant sans doute qu'on les déloge de quelques coups de fusil de chasse.

– Regarde, Solène ! Je l'ai fait pour toi, pour toi ! chantonna Shaineze.

Des liasses de papier étaient dans les mains de la petite fille. On y trouvait une fois de plus une main grossièrement coloriée, poursuivant de petits bonhommes. Solène tenta d'en percer les mystères mais les dessins d'un enfant recèlent parfois de symboles qui ne sont pas lisibles par des adultes, à l'exception de ceux qui se fichent pas mal de savoir s'il y a une différence avec le monde des grands. Sur l'une des images, on put voir la main tracer un grand rectangle, puis sélectionner un personnage. On voyait une forme volumique gribouillée au-dessus de l'un de ceux-ci.

Solène ne souhaitait pas venir avec Youssou pour le voir se faire soigner à l'hôpital. Celui-ci était soigneusement bandé et marchait avec une attelle, mais n'était pas très frais. Le médecin avait rajouté un peu de morphine dans le menu du petit déjeuner. Le sentiment d'engourdissement progressif et d'abrutissement ne l'empêchait cependant pas d'avoir les idées claires.

– Je dois aller faire un tour dans ce bois, Youssou, il y a là les réponses à toutes nos questions, fit savoir Solène.

Youssou grimaçait de l'absurdité de l'entreprise et perdit aussitôt sa sérénité :

– C'est de la folie, Solène ! Tu sais très bien ce qui se trouve dans cette forêt ! Quoi que ce soit, je ne permettrais pas que tu sois blessée.

Les élans de compassion envers sa personne ne la touchaient jamais et elle était toujours surprise lorsqu'on l'appelait par son prénom. Au bout d'un moment, et à force de naviguer d'avatar en avatar, elle en avait perdu l'attachement à ce vocable qu'on nommait prénom dans l'open world réel. Si ses parents l'avait faite de nos jours, ils auraient sûrement utilisé un générateur de noms aléatoires pour ne pas se prendre la tête. Elle considérait le prénom de la petite et se garda bien de le considérer comme un

---

62 Personnages ou objets réalisés en 2D.

prénom réel. À la limite, il aurait tenu sur un personnage de Baldur's Gate 2. Elle aurait mit ce nom sur un perso druide ou bien un mage, pourquoi pas elfe noir d'ailleurs. Elle tapota sur l'épaule de Youssou :

— Je sais ce qu'il y a dans cette forêt, je voudrais juste en savoir davantage.

— Je l'ai même dessinée, moi, intervint Shaineze avec un sourire fugace.

Elle lança ses bouts de papier en fatras devant Youssou qui faillit défaillir en voyant ces images de main. Solène ne fût pas surprise par ce geste, mais par l'expression furtive qui s'était peinte sur le visage de la petite. Youssou ne l'avait pas perçue. Il semblait que cette expression provenait d'une intelligence qui n'avait rien à faire dans un corps d'enfant. Comme si Shaineze avait contracté, pour une infime seconde, une expression adulte ou bien un bonus lui conférant une intelligence niveau 18.

****

— Quoi que ce soit, je ne pense pas que ça ait des intentions pacifiques, hasarda Youssou. Solène, s'il-te-plaît, sois raisonnable.

Sa voix suppliait. Solène en percevait aussi fortement l'intonation et par là même un semblant de poussée hormonale qui se débattait dans un labyrinthe chimique. Elle ne souhaitait pas pour le moment s'accoutumer à ce genre d'accent.

— Mon PC se trouve bloqué dans cette forêt, rétorqua-t-elle, il va s'oxyder si je n'agis pas, tu comprends ? J'ai besoin de m'entraîner un peu plus.

Ce n'était pas une excuse valable, même si au fond d'elle elle commençait à ressentir les effets d'un manque affectif, d'une rupture passionnelle. Ses hormones à elle ne parlaient pas, même si elle ne doutait pas de leurs effets.

— Ton PC vaut donc…, commença Youssou avec une moue dubitative.

Il s'arrêta pour ne plus rien ajouter. Sa phrase avait été tronquée. Solène eut l'image de ces jeux d'aventure ou les personnages avaient les mêmes répliques que lorsque vous étiez venu les voir quelques minutes précédent une énigme tordue. Lorsqu'on tournait en rond, on se remettait instinctivement à parler aux personnages pour tenter de déceler les indices dans leurs paroles. On redécouvrait alors les mêmes phrases et on pressait souvent la souris ou la barre espace pour couper la parole à ces gens qui radotaient. L'effet sur la voix de Youssou était tel quel, mais qui pouvait bien avoir frappé cette barre d'espace ? Solène s'assit sur les marches du hall, laissant ses mains effectuer un piédestal ou sa tête était posée -une tête qui parfois lui était indifférente, elle qui n'était sûrement qu'une autre image, et dont elle se fichait pas mal de la gamme d'expressions tant qu'elle remplissait ses fonctions interactives- puis vérifiait que rien n'était altéré dans la démarche de Youssou. Elle scannait littéralement son corps puis son visage. Elle se tût. Youssou planta son regard dans le sien et sourit d'un air inquiet.

— Vous vous retrouverez à l'hôpital, somma Thérèse. Il lui faut des soins supplémentaires et je ne dispose pas d'équipement ici. Solène, avez-vous rapatrié vos affaires ? Il me semble que vous devez vous rendre à Paris, non ?

Solène acquiesça timidement. Son PC pouvait bien attendre, il fallait qu'elle se batte pour prouver qui faisait la loi lorsqu'il s'agissait de stratégie temps réel. Au moment de redescendre les marches, Shaineze lui barra la route. La petite était très sereine. Solène lui passa une main dans les cheveux.

— On se reverra bientôt, prophétisa-t-elle.

Elle entendit en plus « C'est ainsi que ça doit se faire », mais la petite ne l'avait pas dit. Un frisson parcourut l'échine de Solène. Le regard de Shaineze était intense, puissant, et déstabilisant.

— Je ferme boutique, annonça Thérèse.

Shaineze tourna la tête et lança un rire d'enfant avant de courir à la rencontre de Thérèse. Celle-ci s'arrêta un bref instant, plia son bras droit sous son bras gauche, et sans avoir l'air de reprendre son souffle, formula « Je ferme boutique », de la même façon que précédemment. Shaineze se tourna vers Solène en lui lançant un petit clin d'œil, comme celui d'une amie de longue date. Thérèse reprit une position digne d'un humanoïde de l'open world réel et tout le petit groupe s'engouffra dans une vieille Peugeot. Youssou se plaça en râlant au devant, tandis que Shaineze se tenait à la gauche de Solène. Il exprima sa gratitude envers madame Mollet :

– Je souhaitais vous remercier pour tout ça, je vous dois une fière chandelle.

Elle hocha la tête :

– Ce n'est rien mon petit, même à la retraite, je continue mon métier. C'est une vocation, tu sais.

Solène sentit la réalité s'échapper violemment lorsque la voiture démarra. Un instant, elle vit très nettement les deux dés qui pendaient mollement du rétroviseur interne, puis une représentation pixelisée[63] atrocement bugguée de l'intérieur de la voiture. Les sièges bavaient et cela lui provoqua un haut-le-cœur. Bug OpenGl[64], pensa-t-elle avant de tenter de se reprendre. Shaineze lui serrait fortement la main gauche. Sa poigne était écrasante, massive, et cela ne devait, ne pouvait provenir d'un enfant. La petite souriait avec bienveillance à son adresse, son visage bien dégagé.

Au milieu de la bouillie de pixels qui affichait mal les surfaces et des clignotements intempestifs qui entourèrent soudainement Solène, elle seule restait nette.

---

63 Rappel : un pixel est une unité graphique. On définit une image numérique par le nombre de pixels qu'elle contient. Exemple : une résolution de 1024x768 signifie qu'il y a 1024 pixels de long sur 768 de large soit 1024 multiplié par 768 soit 786432 pixels. On me souffle que nous en sommes aux écrans HD et bientôt aux 4K. Ah bon ? Eh bien je suis nostalgique de mon écran qui affiche un maximum de 1680x1050 pixels et de mon rafraîchissement de 5ms, bande de K12 ! Et Worms tourne très bien là-dessus ! Vous vous pensez forts avec vos jeux de guerre, les gars ? Je vous rétorque que moi je peux lancer une grenade en la réglant à la seconde, à l'autre bout de la carte, dans un trou large d'une dizaine de pixels, pour venir déloger un ver qui croit rester à l'abri en ayant creusé une misérable galerie. Essayez donc de faire ça sur le dernier Call Of Duty, bande d'amateurs !

64 OpenGl est une librairie graphique développée par Silicon Graphics, permettant de faire tourner toute sorte d'applications, de jeux en 3D exigeants à des logiciels de modélisation 3D. Elle est utilisée pour certains jeux sous Windows et sur tous les jeux 3D actuels sous Linux.

Jeux de mains

Un écran, affichant l'interface chatoyante du Vaisseau des Etoiles ; en haut à droite, des ressources, des minerais, du gaz, des humains ; en bas, un plan, une représentation des unités sélectionnées, un large panel d'actions possibles à réaliser ; au milieu, la surface de la carte, avec un sol poussiéreux et ensablé, de petits robots triangulaires collectant du minerai.

Solène se tenait, assise, la main droite cramponnée à la souris, prenant connaissance de la partie, le front plissé par la concentration, les yeux en position fixe. Tournant la tête pour reprendre ses esprits, elle reconnaissait sans peine les gradins circulaires et métallisés, montés autour des deux postes de la finale du Strategy Game Show, et leurs habitants croquant du pop-corn, ingurgitant des sodas et de la malbouffe. Elle siégeait dans l'arène, face à son adversaire du soir, dont elle ne pouvait voir l'écran, barré par une petite cloison qui séparait les deux postes virtuels. Le combat semblait intense. Quoi qu'il en fut, et peu importe la façon dont elle était arrivée là, elle ne se laisserait pas faire. Elle réfléchirait aux circonstances bien plus tard.

Elle avait pris une faction qui possédait des pouvoirs psychiques. Ses membres avaient des têtes ovales et la peau orangée et ne répondaient pas lorsqu'on leur cliquait dessus ou lorsqu'on les sélectionnait. Deux soldats faisaient des pompes devant un lot de tourelles cylindriques et plutôt bien protégées. Au-dessus d'eux lévitaient plusieurs vaisseaux en forme d'huître, dont la carapace était quadrillée d'alcôves qui contenaient des trappes, dans lesquelles dormaient de minuscules chasseurs. La map[65] était d'une texture craquelée, à couleur dominante terre de sienne, et il était délicat de discerner les arachnoïdes dorés qui lui

---

65 « Carte » ou évolue un joueur. Les gamers ont tendance à angliciser les termes qu'ils utilisent mais avec un accent si douteux et à couper au couteau que leurs discussions deviennent incompréhensibles pour le commun des mortels, notamment ceux dont les avatars « risponnent » lorsqu'ils se font « fragger » par un "Péka" mal intentionné qui leur aurait lancé une "bolte" d'un magos niveau 38 dans la face. Bien entendu, je suivrai le conseil de Solène quelques pages auparavant.

servaient de soldats. Elle possédait également des espions informes qui avaient la particularité de pouvoir se fondre dans le décor, ainsi qu'une force de frappe conséquente au niveau des troupes au sol.

Elle balaya la zone en déplaçant le curseur vert. Il y avait une élévation métallique en plein cœur de celle-ci, où se trouvaient d'immenses tours violettes qui balançaient de temps en temps des missiles vers l'extérieur de la base. Sous cette élévation, au sous-sol, se trouvait son quartier général mobile ainsi que sa plate-forme de recherche. Elle devinait qu'en cas d'attaque elle ne pouvait le dégager suffisamment pour qu'il s'envole à l'abri des tirs. Il fallait le démonter pièce par pièce. Un portail de téléportation pouvait envoyer ses troupes hors de la base, à raison de cinq par cinq. En se baladant davantage, et sans utiliser les raccourcis claviers permettant d'aller directement à des zones assignées, elle découvrit qu'une partie de sa base avait été abîmée. Des cadavres jonchaient le sol, ainsi que diverses carcasses qui s'empêtraient au fur et à mesure qu'elles pourrissaient, dans la terre. Soit les développeurs ne voulaient pas donner l'impression d'une boucherie avec le champ de bataille, soit ils souhaitaient limiter la casse face à la censure, soit le moteur de jeu ne permettait pas d'afficher autant d'unités simultanément, soit les développeurs n'avaient pas pensé à l'option consistant à récupérer les cadavres et à les recycler[66].

****

Solène contemplait la brèche ouverte avec les bâtiments enflammés. Un énorme mur bétonné entourait sa forteresse. Un mur d'une triple épaisseur. L'attaque avait été suffisamment puissante pour en percer un point. En se baladant sur la carte, Elle découvrit un paysage éclaté ou quelques-uns de ses espions se trouvaient encore. Un halo rouge signalait leur présence. Outre le fait de pouvoir avoir une vue constante sur les avant-postes, ils

---

66 Mais Cavedog et Bullfrog, respectivement avec Total Annihilation et Gene Wars, y avaient pensé.

pouvaient signaler à la base, par transpondeur, toute menace. Autour d'eux, le souffle du désert et quelques virevoltants.

En parcourant la carte, Solène nota le relief et les irrégularités du terrain, en particulier une crevasse autour de laquelle pouvait très bien se cacher ses ennemis, ainsi qu'un point d'eau vierge. La base ennemie restait cachée sous le brouillard de guerre et la logique voulait qu'elle soit dans la partie opposée de la carte par-rapport à la sienne. Il n'en était rien et elle le savait : nous étions en finale d'un tournoi et l'adversaire l'avait forcément déplacée. Seul le vent du désert, le son des unités lorsqu'on les sélectionnait, les bruitages des usines rompaient le silence. Chacun se refaisait une santé dans son coin. Solène utilisa ses raccourcis claviers, qu'elle avait appris par cœur. On la nommait d'ailleurs « madame raccourcie » lorsqu'elle participait à des lans[67] car elle n'utilisait pour ainsi dire jamais les fonctions de commande de la souris pour créer des unités et les envoyer au casse-pipes.

– Allez Solène ! cria une voix bourrue dans son dos.

Cette voix était teintée d'alcools et elle savait à qui elle appartenait. Heureusement, cette touche se fondait dans les odeurs de sodas, de sandwiches bon marché et de malbouffe. Elle tourna la tête brièvement pour chercher d'où l'encourageait La Galère, mais ne le trouva pas.

****

L'avantage de Solène pouvait se résumer à son hygiène de vie. Les geeks de compétition se fatiguaient le cerveau avec des saloperies sucrées et elle profitait de ce fait pour se placer dans les meilleurs joueurs du Strategy Game Show chaque année, enfin c'était l'une de ses justifications. Cependant, son adversaire du soir savait cacher habilement son jeu. Il avait pris la race qu'elle détestait, des créatures qui devaient se développer sur leur propre mucus verdâtre. Pour cela, il fallait des organes colonisateurs qui envoyaient, tels des canons à neige, leur substance sur le sable craqué du désert. C'est cela qui les rendait visibles du ciel, et c'est

---

67 Soirées de jeux en réseau sur PC.

ce que Solène ne trouvait pas. Elle usait de raccourcis clavier en les exécutant comme une machine, remplaçant ça et là des unités détruites, demandant aux espions de quadriller la zone, envoyant des éclaireurs volants survoler des contrées inconnues. Il était peu possible d'enchaîner des ordres complexes à une unité, comme par exemple lui demander de garder une nouvelle zone en tirant à vue, après avoir exploré une parcelle et exploité quelques minerais.

****

La Galère suivait d'un œil serein le combat. Il se tenait dans les gradins, spectateur de la finale du Strategy Game Show, à fixer, l' écran de jeu de Solène, où des objets et des créatures bougeaient. Il était tel un poupon qui apprenait, au fur et à mesure, les fonctions du monde animé. Oui, c'était cela, comme à chaque dose prise, l'impression de revivre sans cesse le processus de formation du langage, de renaître indéfiniment, d'endosser plusieurs peaux, plusieurs avatars, sous l'œil d'un observateur qui n'était qu'un fantôme dans ce plan que le commun des mortels appelait « la réalité ». « La Galère » ; que pouvait bien représenter ce sobriquet ? Avait-il eu, ne serait-ce qu'un instant, un nom, quelque chose de concret à quoi se raccrocher ? Pouvait-il se lier à ces modélisations qui déambulaient, là, sur l'écran, celles-là même qui étaient sans histoire, créées, pensées et conçues en entités terminées, contrairement à ses imprévisibles semblables aux fonctions indéfinies ? Il s'agglutinait, comme pour donner un sens à de multiples apparitions, à un écran, qui sans doute lui affichait un cadre, quelque chose de construit, de délimité, où il était possible d'être spectateur sans trop se ruiner. On lui avait donné la marche à suivre. Il tenta encore de balancer l'un de ces sourires asymétriques dont les camés dans son genre avaient le secret, mais n'y parvint pas, soudainement absorbé par le flots d'unités qui déferlèrent sans crier gare dans la base de Solène. Il se mit à hurler, ce qui surpris Solène qui tourna brièvement la tête… Quelques secondes d'inattention d'une grande importance.

69

****

De rauques vociférations abrutirent les geeks qui se couvrirent bientôt les oreilles. Les ingénieurs du son, poussés par l'euphorie provoquée par le jeu vidéo, avaient négligemment poussé les potards de volume à fond. Solène poussa un cri, tout de dégoût et de surprise contenus, lorsque cette attaque vint faire exploser ses fermes hydroponiques et sa première ligne de défense. Simultanément, des insectes surgirent des entrailles de la terre et vinrent infester la partie sud de la base. Solène avait commis une importante erreur stratégique en pensant que son rival n'irait jamais se mettre dans cette zone, délaissant les tours radars. Comment avait-elle pu se laisser avoir de la sorte ?

Les indicateurs de moral de ses travailleurs décrurent très rapidement à tel point qu'ils se mirent à courir en désordre en tout sens, abandonnant l'extraction de minerai, pour se jeter la tête la première dans les gueules béantes des unités souterraines. Solène, malgré toute son expérience, était en train de déjouer, et l'excuse d'être peut-être face à l'un des meilleurs joueur du monde ne tenait plus. Le temps nécessaire à ce que ses foudres de guerre reviennent à la base était bien trop court. Toutes ses constructions, y compris le quartier général dissimulé sous le monticule, allait être irrémédiablement rasées. Elle avait perdu la partie.

****

Comme souvent après une défaite en tournoi, elle irait se réfugier dans sa chambre d'hôtel et entamer sa période d'asociabilité de cinq jours. Cinq jours de silence emmuré, où le moindre son, fût-ce même le chant du rossignol, devenait facteur d'irritation ; cinq jours de traversée d'un désert solitaire où nulle âme n'avait le droit de s'interposer, où la communication était interdite. Désert psychédélique virtuel, pixelisé et impalpable. Cinq jours de paix où chaque seconde de solitude se dégustait comme un Long Qing en pleine nature. Mais comme souvent à

70

chaque déroute, elle en aurait fait baver à son assaillant, lui refusant la moindre reddition, et offrant au public geek ce qu'il désirait : une orgie de sang et de mécanique, des batailles d'anthologie reléguant au dernier plan la musique du jeu pour ne laisser qu'un festival de cris et de tirs.

Malgré la résistance farouche du clan de Solène, malgré de nombreuses pertes chez l'attaquant, le sort en était jeté. Sur le monticule métallique réduit à l'état d'une gigantesque motte fumante, un grenadier insectoïde écarta quelques débris de ses mandibules et y planta le drapeau à damier où était inscrit un simple S suivi d'un C, dessiné à la main sur fond blanc, d'une terrible et meurtrière sobriété. Le symbole de Sir Cradlokk, le plus puissant joueur de stratégie temps réel du monde ; il était sud-coréen, bien évidemment.

****

C'était sa première à ce tournoi. Jusqu'ici il avait écumé de glorieuses compétitions internationales mais n'avait jamais participé au Strategy Game Show qu'en tant que spectateur. Comment avait-elle pu finir devant LE Sir Cradlokk ? C'était un grand honneur. L'homme dont chaque victoire avaient toutes été ponctuées d'une froide humilité, dont la stratégie était faite de calculs réfléchis ne laissant aucune pitié pour l'erreur. Pas un seul sourire ne sortait du personnage, malgré les dommages engendrées aux unités de Solène qui étaient tombée une à une. Il lui avait fallu, comme un logiciel codé minutieusement, une IA parfaite, effectuer des fonctions et les appliquer en fonction des variables proposées par les joueurs.

Un texte désigna enfin le nom du vainqueur sur les écrans géants. Comme la tradition le voulait, les deux finalistes se levèrent de leurs sièges et se serrèrent cordialement la main. Le regard vitreux du joueur, blindé par de nombreuses nuits blanches d'entraînement acharné devant son 21 pouces standard, emplissait

71

à présent les murs de la salle. C'était littéralement le regard d'un dieu. Celui-ci considérait sûrement notre plan d'existence comme celui qui servait à sa survie physique, rien de plus, car ailleurs il régnait, et sa domination ne souffrait d'aucune contestation possible. Voilà un statut que Solène désirait, qui éveillait en elle des fantasmes, une volonté de puissance qui brûlait en elle, celle d'être la maîtresse absolue d'un empire virtuel, mais surtout d'un empire qu'elle maîtrisait. Solène avait souvent tutoyé les sommets, gagné le respect et la crainte de nombreux compétiteurs, mais elle n'était pas encore une madame Cradlokk. Son heure viendrait.

Le Sud-Coréen semblait ne pas connaître la peur, comme s'il n'était que trop conscient de l'étendue de sa supériorité ; il gagnait parce qu'il le fallait et parce que cela faisait partie de ses gènes. Elle brûlait d'envie de connaître ses stratégies, de lui tirer les vers du nez sur les subtilités de son jeu, de comprendre comment il avait pu venir à bout de son jeu si facilement. Et quelque part, comme si son corps parlait à sa place, elle le désirait. Ainsi, elle souhaitait prendre sa puissance et s'imbiber de ses secrets, pourquoi pas le dévorer. Mais il était très distant, inaccessible tant d'un point de vue humain que d'un point de vue géographique.

****

Il empoigna sa médaille d'or et on lui tendit le chèque de quinze mille euros qu'il considéra distraitement, comme si ce n'était plus qu'une formalité, tandis que Solène toucha la modique somme de cinq mille euros et une médaille d'argent. Elle n'était sans doute pas une déesse, mais elle était arrivée jusqu'en finale, sans savoir précisément ce qui avait jalonné ce chemin. Elle n'allait pas tarder à être fixée, au moment où le speaker s'enflammait et où les écrans géants dévoilaient les scènes finales de chaque match où les drapeaux de sa confrérie se plantaient. Avec stupeur, elle se rendit compte qu'elle avait à elle seule décimé trois des cinq meilleurs joueurs de la planète… Elle n'irait finalement pas entamer sa grève de la communication, après tout.

Après un tonnerre d'applaudissements, elle considéra la série de Cradlokk ; les victoires étaient toutes différentes, les réponses stratégiques variées. Sur la dernière victoire en demi-finale, c'est l'une des unités les plus puissantes, un gigantesque hanneton à la carapace verdâtre, qui avait enfoncé son drapeau directement au sommet du quartier général adverse, sans le détruire. Cela signifiait que le chanceux ayant atterri en demi-finale s'était fait écraser par le nombre et non par subtilité stratégique ; il avait tout perdu, à l'exception de ce bâtiment. On pouvait réellement parler d'un massacre de masse. Il s'agissait d'une humiliation, car à ce niveau, se faire avoir par la stratégie de la vague d'assaut à la « Tu les veux, mes vingt tanks mammouths sur la tronche ? »[68] était impardonnable.

****

Le champion s'inclina avec humilité et salua ses admirateurs, sans autre forme de procès, puis enfila son manteau léger et entreprit de passer à travers la foule. Solène saisit cette opportunité pour l'arrêter en lui agrippant directement la manche. Il se retourna et retira vivement son bras, décontenancé par le toucher.

– Mon nom est Solène, s'excusa-t-elle en anglais.

– Saluton, répondit-il, mi estas Suck-Chin.

Du tac-au-tac, il lui répondait en espéranto, la langue qu'elle avait secrètement apprise, entre deux sessions de recherche d'emploi et de geekage[69]. Elle lui répondit dans la même langue[70] :

– Suck-Chin ? Heureusement que nous ne parlons pas anglais, tu as dû avoir quelques ennuis avec un tel prénom.

---

68 À ceci, je répondrais qu'une vague de tanks lance-flammes est tout aussi efficace, et qu'au vacarme tapageur de l'aigle doré est préférable la subtile et sournoise piqûre du scorpion.

69 Session intensive de jeu vidéo ou bien longues heures passées devant un PC.

70 Je mets une traduction dans notre idiome local, l'espéranto n'étant pas encore officiellement la langue principale employée dans les jeux vidéo, ni la première langue mondiale.

73

– Je ne communique pas souvent mon prénom aux autres, et je sens que tu n'es pas aussi dangereusement sous-développée que d'autres pour adresser des quolibets relatifs à mon double-menton.

Solène examina le visage de Suck-Chin, presque celui d'un enfant mais avec quelques petits poils gris qui trahissaient un âge plus avancé. Le double-menton s'apercevait à peine…

– Je suis ravie de considérer que tu ne me considère pas comme sous-développée, ironisa Solène, j'apprécie le compliment.

– Mon prénom a une signification, néanmoins : « Roche incassable », fit-il remarquer d'un ton sec en se recoiffant, je l'ai dit et répété à l'un de mes adversaires qui semblait particulièrement peu sûr de lui. Je l'entendait depuis mon poste se balancer de droite à gauche devant sa machine de jeu. Il nécessitait une intimidation afin de briser en avance ses défenses stratégiques. Ainsi, il se suggérait à lui-même qu'il allait perdre le match. Cela n'a pas loupé, je l'ai miné par un rush[71] assez rapide et ai joué le harcèlement sur ses péons avec de petites unités « Chairs à canon » pour l'empêcher de se développer sereinement. Il s'est mis à produire des unités de combat rapidement pour faire de petites défenses, mais sans les faire patrouiller par des points stratégiques. Résultat, je l'ai pilonné du haut des collines environnantes avec mon artillerie. En moins de vingt minutes, le match était plié.

****

Solène sortit de l'enceinte de jeu avec Suck-Chin. Il lui avait expliqué quelques stratégies, mais elle n'en avait pas compris le moindre traître mot, trop occupée à appréhender la tournure des événements. Déjà, une intense déception l'enveloppait. Pour l'heure, elle se trouvait fort dépourvue sans ses affaires et surtout son PC, qu'elle devait récupérer, arracher à l'arbre qui l'avait englouti dans cette sombre forêt de Normandie. Sans doute, Suck-

---

71 Assaut rapide et coordonné pour affaiblir rapidement et déstabiliser un adversaire faiblard en début de partie.

Chin était-il la clé de toute cette énigme.

Elle considérait les gradins qui se vidaient à vue d'œil. La Galère avait disparu, mais peu lui importait. Elle ressentait, malgré la présence de son adversaire, la solitude du gagnant devant revenir à un mode de vie conventionnel -ce petit moment de flottement lorsque la foule s'écarte et que l'écrasant quotidien revient- et soupira à l'idée qu'elle devait rester, même temporairement, prisonnière de ce monde ouvert. Depuis les gradins, de jeunes Ks à casquette la regardaient avec une certaine avidité, et Solène, à cette attitude, comprenait bien que certains de ces énergumènes iraient s'abrutir le soir dans l'un de ces sordides hôtel qui pullulaient autour des gares, en mode porno-surf, en pensant à elle.

Ils s'extrayèrent[72] de l'arène de jeu et se retrouvèrent à côté du stand de Blizzard Entertainment, où les exposants se prenaient un café, éclairés par les néons du logo de la firme. À cette heure, les stands étaient tous fermés, mais les vidéos tournaient en boucle sur les moniteurs HD. Des badauds déambulaient entre les box qui avaient chacune des éléments de gameplay[73] à montrer, permettant aux différents geeks de s'agglutiner devant.

La surface nécessaire à la bonne tenue du Strategy Game Show prenait les halls 5 et 6 du Parc des Expositions de Villepinte. Le Hall 5 était transformé en réseau labyrinthique de stands, d'affiches géantes, d'une cafétéria centrale aménagée et d'une réplique géante en aluminium d'un protoss[74]. Cela ne serait rien sans les modèles 3D intégrés dedans, à savoir la ruche de geeks, de bimbos, d'annonceurs et leurs incessants allers-retours. De temps en temps, Solène se heurtait à ces personnes, et passait rapidement son chemin lorsque certains tentaient d'engager la conversation avec elle. Son état de fatigue et la petite poussée douloureuse qui partait de derrière ses yeux l'empêchaient d'avoir une interaction optimale avec ce qu'elle prenait dans cet état-là

---

72 Par décret décidé en secret avec N.K. et M.L., nous autorisons et approuvons officiellement l'utilisation du verbe extraire au passé simple.

73 La jouabilité d'un jeu.

74 L'une des races jouables de Starcraft, et non un amateur de portugais dans le langage des banlieues.

pour des mobs[75].

---

75 Personnage mobile contrôlé par un ordinateur. Ne pas confondre avec Moba qui désigne un jeu d'arène se jouant en réseau et pouvant prendre n'importe quelle forme.

****

– Tu les as vu tout autour ? Ils ont vidé la salle comme les dévots qu'ils sont, et maintenant, soumis à mon supposé talent, ils feront la queue pour venir me demander un autographe. Ceci me lasse. Es-tu assez patiente, Solène ? Durant cette session, tu peux aller te désaltérer à côté, car au vu du nombre de followers[76] qui suivent mes « exploits », il y aura une large file d'attente.

Suck-Chin avait l'air blasé.

– Qui parle de file d'attente ? Le tournoi est terminé, n'est-ce-pas ?

– Ah ah ! Cette année il y a un « après » dédié aux rencontres des vainqueurs !

– Et il va falloir que je me coltine tous ces sprites[77] aussi ?

– Des sprites ?!

À cet instant, un homme bien charnu par des années de pratique de Wow[78], d'ingestion de hamburgers dégoulinants du fast-food situé à deux pas de chez lui, de grasses matinées à rallonge, d'absence d'exercice physique, de chômage (du temps pour jouer, en traduction geek), de rares et éphémères relations sexuelles (donc une absence de petite amie, du temps pour jouer), de petits déjeuners à base de beurre de cacahuètes, de squat permanent de ses WC (équipés d'un écran 4K, d'un quadcore à 3,5 ghz à 16 go de RAM et nouvelles Geforces en exclu SLI[79] achetée par correspondance aux USA, le tout payé à crédit à des

---

76 On les appelle aussi des fans, mais contrairement aux supporters du Racing Club de Lens, les fans des grands joueurs lâchent rapidement leurs idoles dès lors qu'elles se mettent à perdre. Un follower suit l'actualité de quelque chose, jusqu'à ce que cette dernière soit indigne d'intérêt. Les followers les plus changeants sont bien entendu ceux qui succombent à chacun des épisodes de « l'Appel Du Devoir » ; chaque nouvel opus rendant instantanément ringard son prédécesseur, il faut leur dire à chaque fois ce qu'ils doivent faire.

77 Représentation graphique mobile.

78 World Of Warcraft, simulation de seconde vie d'un modeste studio de développement qui jadis avait développé Warcraft 2.

79 En décodé : un équipement informatique coûteux.

organismes véreux qu'il ne rembourse qu'à demi mais peu importe puisqu'il peut jouer en exécutant ses besoins élémentaires et donc ne perdre du temps que pour bouffer. Inutile de dire que cette option, couplée au chômage et à l'absence de petite amie, permet l'accès au niveau expert de la compétence« du temps pour jouer »… la suite vient toute seule), que dis-je un homme sémillant, dans la force de ses bourrelets Michelin, de sa barbe longue, sa casquette, et sa chemise à carreaux « bûcheron » , cet homme donc, qui était d'une telle grasse grâce qu'il semblait flotter. Cet apollon dont Solène observait la démarche et le mono-sourcil qui en faisait presque un monstre à un œil.

– Ou bien des cacodémons[80], conclut Solène à l'adresse de Suck-Chin, alors que l'individu au teint rougeâtre lui adressait un sourire appuyé.

– Bien…, eh bien, allons-y, décida Suck-Chin. Je remplis mes modestes obligations et te retrouve dans la foulée. Nous ne devrions pas en avoir pour plus d'une demi-heure.

Elle passa devant les miroirs à la sortie de l'arène, pendant que Suck-Chin s'avançait avec lassitude en traînant des pieds. Malgré son regard fatigué, elle était ravissante ; ses longs cheveux roux avaient été attachés, et elle était vêtue d'une veste en cuir vegan rouge ouverte sur un débardeur à décolleté, une petite jupe par-dessus un long collant noir terminé par de belles bottes marrons. Où avait-elle acheté ces affaires, et avec quel argent ? Elle n'en avait aucune idée, mais pour l'heure il fallait remplir ses obligations de gamer.

****

Effectivement, une file d'attente se pressait autour du stand d'interview de Suck-Chin, qui était une simple table en plastique recouverte de papiers et de brochures en tous genres, surmonté d'un panneau, ajouté dès l'annonce de la victoire sans doute, avec ses différents sponsors. Solène fit la moue lorsqu'elle vit certaines des marques. Devant son stand à elle, il y avait une file au moins

---

80 Monstre provenant de la série des Doom, développée par I.D. Software

aussi grande que celle de son rival du soir. Parmi elle, s'y trouvaient certains journalistes de magazines de jeux vidéo plus ou moins recommandables. Cela signifiait qu'elle allait sûrement se retrouver dans un dossier de magazine ou passer des moments enrichissants avec d'étranges hurluberlus. Les photos seraient ce qu'ils obtiendraient, au mieux, car il était hors de question de donner une entrevue. Elle exécutait un à un les autographes, en essayant de garder son sourire, refusant poliment toute forme d'invitation. À chaque fois qu'elle apposait sa signature, elle se débrouillait pour que chacune ne soit jamais identique l'une à l'autre. Toutes ces interactions sociales, ces poses, la lassaient et la fatiguaient terriblement. Les répliques, à l'exception de certains testeurs de jeux, n'étaient faites que de compliments et de banalités sur ses performances, elles étaient peu inspirées. Dans l'open world réel, il en était ainsi ; la qualité des dialogues était aléatoire et il était impossible de presser la barre espace pour les zapper à volonté.

Sa file ne tarda pas à se vider, alors que des joueuses pressaient de questions Suck-Chin. Celles-ci tiraient un peu par la manche le coréen, qui leur souriait d'un sourire navré. Foutues groupies…

Solène regardait nerveusement les femmes se recoiffer et se tortiller les mains : elle voyait très bien leur manège. Il était temps d'intervenir, selon son intuition. Elle ne trouvait pas Suck-Chin spécialement attirant, mais elle éprouvait étrangement le besoin de rester avec lui cette nuit, sans qu'il n'y ait quoi que ce soit de sentimental ou de sexuel entre eux. Ce type, malgré sa fausse modestie, était sans doute ce qui lui permettrait d'avoir un toit, le temps qu'elle se ressource et qu'elle réfléchisse aux événements.

****

Elle se mit en marche mais fut soudainement bloquée par un vigile avec une barbichette taillée à la Lénine :

– Votre sac, mademoiselle !

En farfouillant dans son sac de voyage, Solène constata avec soulagement que toutes ses affaires étaient au complet.

Cependant, les t-shirts Blizzard semblaient anormalement bien pliés. En soulevant celui qui était en haut de la pile, elle vit glisser une petite boulette de papier vert ; en l'ouvrant, elle remarqua une écriture très soignée, faite avec la patience d'un calligraphe. « Rejoins ton rival coréen et gardes-le au chaud jusqu'aux aurores » était le message. Au-dessus de ce message, il y avait, dessiné en crayonnés doré foncé, une main flottante avec de petits personnages. Un petit "Sh." dans le coin de la feuille en bas à droite ne laissait plus aucun doute quand à l'identité du destinataire. Elle tirerait ça au clair lorsqu'elle rencontrerait la petite fille.

Elle savait désormais parfaitement ce qu'il fallait faire avec lui, mais comment le convaincre de la loger ? Sans doute son habit était calibré pour faire la différence… mais Solène n'était certainement pas prête à aller plus loin avec ce bonhomme, surtout qu'à Paris il y avait de quoi faire pour ce genre de relations.

****

L'homme à la barbichette s'éloigna rapidement. Solène s'approcha du trio ; les jeunes filles étaient engagées dans une conversation qui ne semblait pas vraiment satisfaire Suck-Chin.

Elle se présenta rapidement en feintant d'être gênée par les groupies, par une moue dubitative et un sourire d'une rare fausseté. En les toisant d'un rapide coup d'œil, elle sentait que, malgré leur jeune âge, elles ne faisaient pas vraiment le poids, pas même avec leur plaisant style cosplay[81]. Solène les prit de haut :

– Si ça ne vous dérange pas, mesdemoiselles, il est avec moi ce soir…

À ces mots, Suck-Chin esquissa un sourire, ou du moins ce qui y ressemblait. On avait l'impression qu'il était soulagé, mais se peignait sur ce visage de poupon une impression de lassitude.

---

81 Mot-valise constitué de « costume » et de « play ». Les personnes se vêtent comme des personnages de séries, films, mangas etc. Deux mots : « Mai Shiranui »

80

– Oui, répondit-il malicieusement, elle est avec moi ce soir !

Les deux filles saluèrent Suck-Chin et prirent rapidement congé, non sans exprimer une certaine frustration que leur jeunesse leur permettait encore d'extérioriser.

– En fait, exposa Solène, j'ai oublié ma réservation d'hôtel dans le train et je n'ai nulle part où dormir… J'en suis vraiment désolé.

– Je vois, constata Suck-Chin, que tu ne te comportes pas en fan-girl, et j'apprécie vraiment que tu ne sois pas là à chanter les louanges de mon immense talent. Beaucoup de femmes se seraient sacrifiées pour avoir l'honneur d'être logées par ce qu'elles appellent « le grand Cradlokk ». C'est d'un ridicule.

Solène n'appréciait pas le ton employé par le champion. Elle n'était pas une femme Plug And Play[82]…

---

82 Littéralement « Branche et Joue » : se dit d'un périphérique PC connecté lorsqu'il est instantanément reconnu par un système d'exploitation et que son driver (pilote : groupes de fichiers reliés à un périphérique et assurant sa mise en marche) est directement installé.

****

Ils zigzaguaient entre les stands des éditeurs, parmi les roadies qui s'affairaient à les démonter et les nombreux fans qui les prenaient en photo. Méthodiquement, discrètement, dans certains stands, des barres métalliques se désossaient, des fils se retiraient, des machines se dénudaient, se débranchaient pour se libérer de leurs entraves, des écrans s'éteignaient et n'affichaient plus qu'un noir d'angoisse.

– Solène, quel est ton plus beau souvenir de joueur ? Demanda Suck-Chin, songeur.

Elle remonta dans ses plus vieux souvenirs, douze années en arrière. Les souvenirs de geek sont des replays[83] qui se stockent quelque part dans la mémoire ; contrairement aux souvenirs classiques, la précision des détails y est plus importante, il n'y a pas de notion de fragments. On peut citer les combinaisons de touches, les raccourcis claviers utilisés, l'esthétique graphique, le nombre de dpi[84] réglés sur la souris…

Elle choisit finalement de ne pas répondre à cette question,

---

83 On appelle un replay une séquence enregistrée de jeu.

84 Dots per inch, ou points par pouces : précision d'une souris optique et correspondant à la valeur parcourable sur un écran. Plus cette valeur est élevée, plus le chemin à effectuer pour aller d'un point à un autre sera court, la souris sera donc plus sensible. Un joueur régulier de FPS, surtout en réseau, a tout intérêt à avoir une souris à DPI élevés pour faire volte-face rapidement ou atteindre des headshots (tirs à la tête) avec plus de précision. À propos de points, notons qu'un joueur qui possède un pseudonyme à rallonge ou provocateur sera en général un mauvais tireur et mauvais aux FPS tout court. Un joueur qui s'appellerait « . », plus discret et donc plus efficace, est souvent un redoutable serpent qui aligne frag sur frag. Un frag (mot provenant de Doom) est simplement l'action de tuer un autre joueur. Fragger, anglicisme n'ayant rien à voir avec la République Fédérale d'Allemagne, signifie donc tuer, dans le contexte d'un FPS. Nous disons FPS, mais l'appellation d'origine est « doom-like », pour tous les jeux ressemblant au très poétique Doom d'ID Software. En réalité, celui-ci est sorti après Wolfenstein 3D, du même studio, sorti après Catacomb 3D, en 1991. On devrait dire des Catacomb-like, mais avouons que c'est un peu morbide et redondant.

parce que ses replays étaient bien trop nombreux pour qu'elle puisse les exposer. Pour aller au fond des choses, il n'était pas question de partager quoi que ce soit d'aussi pur et d'aussi intime que les plus beaux bonus pour impression artistique d'un Carmageddon 2, ou encore les joies des parcours dans les conduits d'aération d'un Deus Ex. Que pouvait donc y comprendre Suck-Chin qui était sans doute en 2000 un louveteau ?

– Puis-je savoir par quelle machine tu as commencé, cher Suck-Chin ?

– Eh bien je viens d'abord de l'univers des consoles, en ayant fait mes armes sur la Playsta…

– Sur console ? « Des tests console ? Mais quel genre de pourri êtes-vous ? »

– Pardon ?

– C'est une citation du courrier des lecteurs d'un magazine qui a disparu en 2003, se justifia Solène avec quelques trémolos dans la voix, alors qu'ils sortirent du hall du parc des expositions.

Ils passèrent à côté de la station RER pour continuer leur chemin sur l'avenue des Nations, avant de se laisser embellir par les douces teintes pâles des réverbères de l'allée des Peupliers. Une vague de nostalgie semblait perdre Solène, d'autant plus que Suck-Chin lui semblait jeune :

– Quel âge as-tu donc ?

– Un âge assez avancé pour pouvoir écraser tout ce que je peux dans mon domaine et ainsi justifier mon existence.

– Pourquoi voudrais-tu me le cacher ?

Suck-Chin, était soudainement sur la défensive. Il choisit de garder un silence presque boudeur, jusqu'à ce qu'ils tournent à droite, rue de la Belle Étoile. Solène devait s'attendre à de sérieuses complications. Il pouvait décider de ne plus conserver en espéranto et donc de virer les sous-titres.

En examinant son visage, Solène vit les rides de l'Empereur…

Il lui fit une leçon de maître à élève :

– Tu as fait preuve d'une grande résistance ce soir, j'ai même cru que tu allais me battre. J'ai tremblé légèrement d'un œil, je dois dire. Tu ne m'as pas rendu la tâche facile, mais je pense que tu as dû perdre ta concentration. Si toute ton énergie avait été concentrée dans ton but, tu aurais gagné.

Oui, un instant d'inattention, tu as raison et -Solène repensait à La Galère se trouvant dans les tribunes- je crois que certains éléments n'y sont pas étrangers. Que faisait-il ici celui-là d'ailleurs, alors qu'il avait été attrapé, isolé, par la Main ? Quelles étaient les motivations de cette grande main qui pouvait tout attraper ? Et si… La Galère avait été « déposé » par la main dans le Parc des Expositions ? Dans ce cas, il m'avait peut-être volontairement déconcentrée, mais pourquoi ? Et si je faisais fausse route avec ce Suck-Chin ?

****

Elle eut un sursaut d'adrénaline au moment de rentrer dans le bâtiment.

– Bonjour, monsieur, salua Suck-Chin dans un français tout juste compréhensible.

Le réceptionniste lui adressa un salut poli. Ce n'était pas la première fois que Suck-Chin venait ici, en témoignait l'inflexion familière du « monsieur » dans la bouche du joueur, mais surtout la petite liasse de billets glissée. L'intuition de Solène lui disait surtout que ce n'était pas la première fois que Sir Cradlokk, lorsqu'il venait sur Paris, amenait des filles dans cet hôtel. Ceci se confirmait, alors qu'elle se rendit compte que le réceptionniste n'arrivait pas à la lâcher des yeux. Elle serra les poings, sur ses gardes. Ils étaient logés au numéro de porte 137, au premier étage. Pensé à l'envers, cela donnait 731. De soudaines images d'horreur sans nom tournèrent dans la tête de Solène alors que Suck-Chin insérait sa carte dans la serrure de la chambre. Avant qu'il ne se précipite aux toilettes, elle vérifia, brièvement mais d'un regard avisé, que le visage de l'asiatique était bien exempt de moustaches…

84

La chambre était un peu trop étouffante à son goût ; le compartiment douche-toilettes, fait d'un seul bloc vert, jurait avec le reste de la pièce. Les murs jaune clair étaient couverts de petites bosses ; on ne pouvait passer la main dessus. Un bureau en aggloméré, peu large, mais assez néanmoins pour contenir un ordinateur portable, était encastré dans le mur, soutenu au sol par un support en ferraille. Sur le lit deux places assez grossier, recouvert d'une couette rayée, Solène jeta son sac et s'étala de tout son long. Elle ferma brièvement les yeux, s'assoupissant avec des rémanences d'images de batailles vidéo-ludiques. Suck-Chin était parti prendre une douche, et le rythme de l'eau l'apaisait terriblement. Mais elle ne courrait pas le risque de s'endormir, surtout pas dans une tenue aussi sexy et encore moins à la merci d'un inconnu.

Elle tombait de sommeil. Réticente à faire une micro-sieste car incapable d'en estimer la durée, elle luttait pour se maintenir en éveil. Un affreux vrombissement la réveilla en sursaut au moment où elle se sentait partir. Par la fenêtre dont l'isolation phonique était médiocre, un avion de ligne entama sa descente vers l'aéroport de Roissy-Charles-De-Gaulle. À demi suffoquée par le chauffage, elle tenta de régler le thermostat mais ne parvint pas à un meilleur résultat. Son cuir rouge lui collait à la peau, elle se sentait vraiment mal à l'aise, mais ceci l'obligeait à rester dans un état de vigilance absolue.

Suck-Chin sortit de la salle de bains, habillé très sobrement d'un marcel en synthétique, qui laissait entrevoir un tatouage à trois arbres entrelacés, et un pantalon de sport bleu.

– Tu peux prendre une douche si tu veux, proposa Suck-Chin. Je vais descendre déguster une pizza. Mais ne tarde pas trop, je suis à bout de forces. Et… je… euh…

Il n'arrivait plus à parler. Solène avait machinalement retiré son cuir rouge et se retrouvait maintenant en débardeur, laissant un décolleté vertigineux où quelques cheveux roux venaient se perdre. Suck-Chin recula vers la porte, tout en ne cessant de la regarder, puis prit congé d'elle.

****

Elle soufflait de soulagement. Elle avait réussi à lui retourner la monnaie de sa pièce et à le mettre, lui, mal à l'aise, bien que ce fût involontaire. Elle se déshabilla tranquillement et enfila un jean, sa paire de Magnums, jeta dans le coin de la chambre son débardeur et le soutien-gorge qui lui serrait un peu trop la poitrine, le remplaça par un modèle en micro-fibres, puis enfila son t-shirt Westwood. Un nouveau vrombissement la fit sursauter. Elle n'allait pas nerveusement supporter cela bien longtemps. L'avion passa, toute lumière clignotante, pour entamer une descente, puis s'arrêta subitement, comme scotché sur la toile opaque de la nuit. Il demeurait là, suspendu...

Solène se précipita vers la porte de la chambre, afin d'en apprécier une vue de l'extérieur, puis se cogna brutalement à quelque chose qui la plaqua au sol. Elle tenta de hurler mais une toute petite main vint se plaquer sur sa bouche. Elle pensa au pire, et malgré ses efforts ne put résister à une telle puissance...

****

Heureusement, Solène reconnut le visage de l'assaillant, son regard froid mais magnifique et pétillant d'intelligence.

– Shaineze ?

La petite fille l'aida à se relever. Elle était vêtue en rouge et noir, avec une petite robe d'écolière japonaise et des rubans qui maintenaient ses couettes.

– Bon, mon nouveau style te plaît ? demanda Shaineze à Solène.

Solène resta interdite devant le ton employé par la petite, alors qu'elle s'épousseta et s'assit sur le lit. Il était impossible qu'un si petit être ait une telle force :

– Je devais arriver à l'aube, mais au vu des circonstances j'ai dû faire vite. Tu es en grand danger, Solène, comprends-tu ?

– Oui, enfin, je suppose.

La voix de Shaineze était toujours celle d'une petite fille. L'illusion était parfaite, mais Solène se rendit compte que quelque chose sonnait faux. Il y avait quelque chose dedans, c'était sûr. Ceci n'était qu'une couverture. Elle se mit à la palper pour voir si elle était bien un être réel.

– Ah oui, ça…, pouffa Shaineze, tuons le suspense dans l'œuf !

– Comment peux-tu parler de cette façon ?

– Je prends vos expressions, voilà tout, celle-ci te convient-elle ? enfin peu importe, je ne suis pas douée avec les expressions ou du moins j'aime en écorcher quelques unes. Pour toi, mon véritable nom serait imprononçable.

Elle approcha ses petites mains du cou de Solène et pointa son doigt dessus brièvement. Solène ressentit aussitôt une intense et agréable sensation de puissance, qui s'évanouit rapidement.

– Tes cordes vocales, continua Shaineze, la fréquence maximum qu'elles peuvent émettre, la formation de ton larynx, les différents résonateurs que tu possèdes sont bien trop limités pour te permettre de prononcer mon matricule. La politesse et la courtoisie de ma formation et de ma culture me poussent néanmoins à me présenter, au moins j'ai un peu de temps pour cela. Je me nomme…

Une émanation sonore fut émise, précisément un mélange d'ondes sonores suraiguës et d'un bruit de cloche à vaches nuancé en pianissimo, puis de quelques sons de claviers typés Arp-500, d'une bise qui passait dans les interstices de la fenêtre d'un bâtiment délabré, et enfin de quatre sons bien distincts qui, au niveau du globe terrestre et de ce que nous percevions habituellement, n'existaient pas dans notre environnement. Puisque c'était le cas, le cerveau de Solène interprétait ces dernières sonorités comme entendues, sans qu'une mémoire consciente sonore n'ait pu en délivrer un signifié concret.

– Qu'est-tu exactement ? lui demanda Solène.

– Cela n'a pas d'importance, s'impatienta Shaineze, ce qui compte à présent est ce que tu es déjà, toi.

Elle lui tendit une souris d'ordinateur, anguleuse, avec deux uniques boutons rectangulaires.

– Il s'agit d'une souris compatible Amiga-500, entoure le fil autour de ton poignet, et prends-là en main, c'est la meilleure arme possible contre les Cliqueurs. Tout périphérique…

– Les Cliqueurs ?

– Traduit dans ton langage humain et par les concepts que vous avez développés, c'est le mot le plus plausible et le plus approprié. Le nom de notre espèce est de toutes façons totalement imprononçable, et nous étions généralement invisibles à l'œil nu par votre race, jusqu'à présent…

– Que voulez-vous dire ?

– Disons qu'une partie d'entre vous, particulièrement ceux qui restent des heures devant leur ordinateur à jouer, ont développé une capacité cérébrale supplémentaire leur débloquant de nouveaux champs de perception.

– Vous voulez dire que les geeks…

– … Vont connaître notre existence, depuis que tu as, toi, involontairement, débloqué cette situation.

– J'ai du mal à saisir, Shaineze. Je serais celle qui aurait…

– Ne me demande pas pourquoi. À présent que notre existence est révélée au monde, les Cliqueurs sont furieux et se réattribuent leurs privilèges administrateurs d'origine…

Solène prit la souris entre les mains. Celle-ci était en parfait état, et n'avait pas subi le poids du temps :

– Pourquoi devrais-je te faire confiance ? Quel rôle joues-tu là-dedans ?

– Ceci, je n'ai pas le temps de te le dire pour le moment, mais sache qu'il est urgent que vous réagissiez, toi, Suck-Chin, et tous vos semblables…

****

– Oui, ils sont tous agglutinés dehors. Je ne sais pas ce qui leur prend.

Le réceptionniste attendait fébrilement que les petits groupes réservent leur chambre. Il tapotait nerveusement sur la réception, se rongeant les ongles. Les réverbères diffusaient une lumière dorée à l'entrée, tapissant le sol par des jeux de silhouettes.

Un geek, pâle comme un linge, emmitouflé sous une veste kaki doublée à capuche, perturba le jeu des ombres et détala vers les étages. L'une des réceptionnistes quitta son poste pour lui courir après. Ce dernier n'avait en effet rien réglé. Elle le trouva devant la fenêtre du hall circulaire du premier étage, se balançant nerveusement d'un pied à l'autre.

– On dirait une main, une gigantesque main ! Vous… vous la voyez, là ?

– Mais enfin, monsieur…

Elle avait scruté l'extérieur, suivant les directives du jeune homme. Elle ne comprenait pas où il était question d'une main, mais il était clair que l'avion qui était à l'horizon était dans une position physiquement improbable. Le carénage ventral s'étalait vers le ciel, de tout son long, l'appareil était en partance vers l'espace, semblait-il. Il se balançait, légèrement, doucement, comme une pendule qui avait décidé de fractionner le temps en de plus grandes unités.

– Cette chose le manipule, comme si elle saisissait un… putain de jouet.

De la fenêtre aux croisées de fer peintes, elle était hypnotisée par le balancement lent de l'avion. Il était si droit qu'on aurait cru qu'il était posé là, sur le papier peint noir entourant la ville.

– Je vais… je… prévenir la police, je pense, bredouilla-t-elle.

– Une putain de main géante, on dirait ! Quoi… prévenir la police ?! Mais, que croiront-ils, à votre avis ?

Le jeune homme ruisselait de sueur, les yeux exorbités, avec assez de contenance mentale pour se permettre d'être ironique :

– Salut, je vous appelle de l'hôtel Première Classe (il imitait sa voix) ; une main géante a saisi un A380 en plein vol, pourriez-vous intervenir ?

La réceptionniste descendit en trombe, cognant au passage Suck-Chin, renversant le café-noisette sur la moquette striée.

– Mademoiselle, auriez-vous l'obligeance d'aller m'en chercher un autre, s'il-vous-plaît ?

Le coréen ne souhaitait pas prendre au distributeur et faisait peu cas de l'agitation qui régnait dans l'hôtel. De plus, il goûta peu l'impolitesse de la serveuse qui le snoba. Pourtant, il avait formulé sa phrase avec un français parfait, et avec un beau sourire. Sensible aux usages et aux commodités, vexé, énervé, il entreprit de se diriger vers la réception pour se plaindre de l'attitude de la femme.

— Monsieur, entonna-t-il de la voix impérieuse du client insatisfait de son poil dans la soupe, à l'encontre du réceptionniste, en tapotant du plat de la main sur le comptoir.

— Le… l'avion de ligne est bloqué en l'air, il faut appeler les flics, fit la femme, hystérique.

Le réceptionniste prit une voix apaisée, visiblement ravi de cette soudaine animation :

— Explique-moi tout depuis le début.

— Monsieur, répéta Suck-Chin, soudainement furieux de passer au second plan.

La femme tira le réceptionniste par le col, par la cravate, manquant de l'étrangler.

— Mais qu'est-qu'il y a, tu es malade ou quoi ?

— Ramène ton cul et viens voir, c'est tout !

— Et la réception, elle ne va pas se faire t…

— Mais c'est une maison de fous ici, s'impatienta Suck-Chin, pas moyen de se faire entendre… hé ho !

— Oh toi, ta gueule, lui lança la femme, serrant avec force la cravate du réceptionniste et le tirant vers l'extérieur, laissant notre champion sans voix.

Suck-Chin prit conscience d'une grande foule à l'extérieur et d'une situation qui le dépassait, et vint briser le ballet dansant des ombres du hall, en poursuivant la blonde et le violacé qui tentait d'arracher sa cravate. Des fans se retournait soudainement vers lui :

— Cradlokk ?! Tu l'as vue aussi, j'en suis sûr.

— Vu quoi ? Et d'ailleurs…

Ils se pressèrent tous vers lui. Inexplicablement il comprenait la moindre de leurs paroles, comme si toutes les langues n'en faisaient qu'une seule. Il porta sa main à sa bouche. Il interpréta la situation, comme souvent, à son avantage, une sale manie qui ne l'avait pas quitté depuis le début de son adolescence, en voyant toute la foule, y compris les deux réceptionnistes se tourner vers lui. Il était le centre de l'attention.

– Cradlokk, répéta l'un deux, tu l'as forcément vue, c'est le cas de chacun de nous.

Il comprenait ce français, et les autres. C'était venu soudainement à lui. Il tenta une phrase en français, et la réussit parfaitement, en ayant quand-même gardé son accent sud-coréen. Il entendait d'une oreille ce que disaient les différentes personnes.

« – Il s'agissait d'une main » perçut Suck-Chin.

« – Deux fois plus grosse que cet avion, là… »

Il jura en coréen. Ils le dévisagèrent, interloqués, et répondirent en français :

– Oui, tu l'as dis, c'est la merde.

Ils mirent les mains à leurs oreilles. Qu'importe les langues utilisées ; coréen, anglais, français… Ils se comprenaient parfaitement à présent. Sans aucune logique ils « percevaient » et comprenaient tout. Ils furent en un instant polyglottes.

****

Suck-Chin grimpa à la suite d'une marée de jambes, dans une bousculade violente qui envoya contre les murs et à terre les moins résistants. Il s'agaça, manquant de peu un geek qui roula, heureusement sans trop de bleus, dans les escaliers. Il leur demanda de s'écarter d'un revers de la main. Ils obéirent. Enfin, il vit une nuée tassée aux fenêtres s'ouvrir en deux pour lui. Il mit sa main en visière et constata quelque chose à l'horizon.

— Tu vois, indiqua l'hôtesse d'accueil au réceptionniste, face à une fenêtre voisine, que je ne délire pas.

— Attends, attends, répondit celui-ci, c'est trop loin ! Et vous tous là, comme ça vous voyez des mains dans le ciel ?!

— Elle le tenait comme un putain de jouet, cria l'homme en kaki vert, arrivant en trombe derrière Suck-Chin, ce qui le balança, les mains en avant, sur les vitres.

— Pardon, Cradlokk, fit le même jeune homme, heureusement que ces carreaux sont solides.

Il paraissait manifester peu d'intérêt envers le fait d'avoir son idole devant les yeux.

— Alors, si je comprends bien, vous avez vu une main volante, hein ? récapitula le réceptionniste. Et vous essayez de me faire gober ça, à moi ! Tu as raison, (il était furieux), je vais appeler la police de ce pas, pour me virer cette horde de cinglés. Quand à toi, je ne sais pas ce qui te prend ! (il pointait un doigt accusateur vers l'hôtesse) Je rentre !

Mais il était livide et la panique commençait à faire son bonhomme de chemin. Il suait à grosses gouttes. Il avait bien vu l'objet pointer vers le ciel, mais voilà, sa raison refusait d'y croire. Il n'appellerait pas la police.

Il descendit vers la réception, en bougonnant :

— Des mains volantes… Ben voyons !

Il se retourna un bref instant, et une formidable explosion, qui lui coupa la parole, se fit entendre au loin, suivi d'un flash lumineux intense et bref, provoquant une clameur dans la foule, soudainement terrorisée. Se détachant très nettement à présent, éclairée par un formidable incendie, ses phalanges bien nettes, fortement humanoïde, les plis palmaires grisâtres, une paume presque transparente laissant entrevoir un hideux réseau de veines et de circuits électroniques, sans poignet de soutien, une légère tumeur de la gaine tendineuse située juste en bas de la paume, l'auteure des dégâts se dressait dans le ciel, pliant et dépliant ses doigts. Et les geeks poussèrent une clameur.

Au premier étage, une fenêtre s'ouvrait en grand, alors que la main se rabaissait, attrapait un second avion et l'envoyait en l'air, quelque part plus au nord.

– Rentrez tous, immédiatement ! tonna Shaineze, munie d'un appareil triangulaire vert.

****

Un flash mob[85] improvisé, une foule exécutant une chorégraphie précise et synchronisée, s'engouffra dans le bâtiment. De la musique envahit la tête de Solène, ou du moins ce que son imagination laissait mettre en bande-son, les attaques de basse de la Marche de l'Enfer de Frank Klepacki, puis ses riffs simples et incisifs et sa batterie binaire. Oui, l'enfer était en marche, à présent que se multipliaient les jets d'avions qui s'éparpillaient dans toutes les directions, pour s'écraser sur des parties d'immeubles, des maisons, des rues bondées. A présent, il pleuvait des avions sur Goussainville, Louvres, Tremblay-en-France, et à en juger par certaines détonations plus fortes que d'autres, Villepinte et Aulnay-sous-Bois. La Main était là pour apposer sa marque et de facto déclarer la guerre à l'Humanité, elle déballait ses jouets et les balançait, croyant sans doute trouver la petite perle rare au fond de la boîte.

De multiples explosions, des incendies, des bâtiments qui tombaient comme des châteaux de carte… Le système électrique de l'hôtel défaillait. Une série de clignotements intempestifs accompagnait une terrible odeur de brûlé. Tous se jetèrent sur le sol, ce qui avait peu peu d'utilité si l'un des avions venaient à s'abattre par ici.

Une déflagration, bien plus assourdissante que les autres, vint de son souffle fissurer les fenêtres du bâtiment. Par les ouvertures s'engouffraient des volutes de poussières. Sans doute un petit objet, car les vitres auraient explosé sous l'effet du souffle. Et subitement, on y voyait plus rien. Solène fut prise d'une terrible quinte de toux, ses yeux lui piquaient. L'air se chargeait subitement de particules indélicates. Elle laissait ses paupières écartées, en vigilance absolue, surtout après ce que Shaineze venait de dire sur les Cliqueurs.

Elle distinguait la silhouette de la petite dans cette bouillasse,

---

85 Rassemblement improvisé de personnes dans un lieu public. Ceci n'inclut pas les batailles de supporters OM-PSG.

ainsi qu'un objet vert qui émettait une pulsation qui allait de plus en plus rapidement. Malgré sa fascination, elle rabaissa la tête, n'en pouvant plus. Ses yeux commençaient à lui faire mal.

En un instant, tout était plus clair. L'écran de fumée et de poussière s'estompa puis disparut. Au lointain retentirent des sirènes. Au-dehors, d'innombrables flammes léchaient des bâtisses. Pourtant, Solène le savait, ils ne risquaient rien ici. Tout le monde se releva, époussetant ses habits. Mais il n'y avait rien à épousseter. Chacun restait incrédule. A côté, des quartiers entiers étaient pris par les flammes, et pourtant ils savaient qu'ils étaient en sécurité. Solène fit craquer ses articulations en se relevant, puis se tourna vers Shaineze :

– Que cherche-t-elle exactement ?

Shaineze rangea son triangle vert. Elle semblait agacée par sa question. Dans le bâtiment, on entendit des sanglots, mais Solène considérait cette information comme secondaire par-rapport à la réponse qu'elle exigeai. Shaineze la désigna puis l'invita à la suivre vers la chambre de Suck-Chin.

Elles y entrèrent et refermèrent la porte. On tambourina aussitôt à celle-ci. Solène l'ouvrit. Suck-Chin apparut sur le seuil. Shaineze l'invita à s'asseoir. Il n'était pas vraiment rassuré :

– Qui est cette « petite fille », peux-tu me le dire, Solène ?

– Assieds-toi, Suck-Chin, répéta Shaineze, très calmement mais avec une fermeté qui n'autorisait aucune résistance.

****

Quelques jours plus tard.

–... Mais on écarte pas la piste terroriste, bien qu'Al-Qaïda n'ait rien revendiqué, crachait le journal télévisé de France 2.

Ben-Laden, chef présumé de l'organisation terroriste Al-Qaïda avait été tué le 2 mai 2011 à Abbottabad, et le groupe, avec ou sans lui, aurait été incapable techniquement de mener des crimes de guerre d'une telle envergure. La nouvelle organisation terroriste État Islamique, ennemie numéro un de la France, qui avait profité de la confusion en Syrie et en Irak pour se créer un

95

état dans l'état, n'avait pas les moyens de faire cela, malgré ses menaces répétées et son mépris de tout ce qui ne rentrait pas dans son escarcelle. On dépassait à présent facilement le millier de morts, et l'estimation n'allait pas en s'arrangeant, car les avions de ligne avaient ravagé plusieurs quartiers. L'aéroport de Roissy-Charles-de-Gaulle avait été littéralement vidé de ses avions, celui du Bourget avait été épargné, la Main n'ayant pas eu plus de patience. On discutait en ville de phénomènes surnaturels, chacun y allait de ses hypothèses en utilisant tout ce dont l'imagination était capable. Sur les réseaux sociaux, des vidéos amateurs remplissaient les murs des français, passaient sur YouTube, Dailymotion, Viméo, Facebook, pour être accessibles au monde : à chaque fois des avions qui filaient comme des comètes depuis l'aéroport, et cette image glaçante, prise depuis une vidéo en format .avi de qualité douteuse, de ce Boeing pointé vers le ciel et oscillant, réacteurs allumés. Il y avait là quelque chose de mortel et de provoquant, comme un doigt d'honneur rendu à la civilisation humaine.

Une chose était sûre : la piste terroriste n'était pas crédible, et cela énervait au plus haut point Yann Darin, ministre de la défense, qui éteignit le poste avec sa télécommande radio. Il avait envoyé rapidement une série d'experts sur les lieux des différents crashs, pour aller commencer la macabre collecte des boîtes noires. Goussainville, Vémars et Tremblay-en-France avaient été très durement touchées. Gennevilliers avait été totalement rasée, un Airbus A 320 avait d'ailleurs totalement pulvérisé les sites universitaires de la ville. Yann ajusta sa cravate, enfila un pardessus imperméable, se posa sur le grand balcon du complexe de sécurité où se trouvaient quelques hortensias un peu fanées, et s'alluma un cigare cubain. Il tira une forte bouffée, fit passer l'arôme dans sa bouche, le laissa l'envahir avant de recracher la fumée.

« Jamais je ne résoudrai cette affaire ; l'exécutif m'impose d'envoyer des réponses à la population et aux médias tandis que seront organisées par les mairies de France les marches blanches et les funérailles, dès lors que la vaste opération d'identification aura suffisamment avancé. Mais nous ne savons pas quel visage a l'ennemi, ni même ce que c'est. Nous disposons d'un corpus de vidéos assez important, dont la véracité a été prouvée par nos moyens informatiques. Nous avons quadrillé le web à la recherche d'indices relatifs à une éventuelle menace terroriste. »

Il s'imaginait les avions décoller brutalement de l'aéroport et s'éparpiller en tout sens dans les airs.

« Seigneur… »

C'est à lui qu'il allait devoir s'en remettre, à présent, dès qu'il aurait un peu de temps dans son cadre privé pour lui adresser quelques petites prières. Mais il n'avait pas de temps pour lui, tout comme il n'en avait pas assez pour sa famille depuis Mathusalem. Il n'osait pas murmurer sur ce balcon, pour demander une aide du ciel. Il fallait bien respecter la laïcité. Il souffla un coup pour se calmer les nerfs et reprit une longue bouffée. Les volutes s'envolèrent rapidement dans les airs. Il les suivit du doigt avant de les perdre.

« Clairement, il n'y a pas de montages dans les vidéos, et je n'y vois aucune explication logique. Aucun moyen terrestre ou aérien n'est capable de décoller des avions du sol et de les jeter. Il resterait la voie de l'espace, dans ce cas un pays aurait lancé une attaque de grande envergure sur la France, avec des moyens technologiques inconnus, depuis un programme installé depuis un satellite. Mais qui a intérêt à attaquer la France et pourquoi ? La Corée du Nord depuis leur Kwangmyongsong 3B ? »

Il éclata d'un rire sec et nerveux. Dans cinq heures, il devait se présenter aux micros de France 2. Il ne pouvait rien justifier, pour le moment. Il empoigna son smartphone. C'était un modèle sud-coréen de compétition, comme seuls les ministres ou les députés siégeant à l'hémicycle pouvaient en posséder en France :

– Anita ? Écrivez-moi quelque chose d'assez convaincant, je compte sur votre précieuse collaboration et votre talent d'écriture.

****

Ils dormaient en vrac, à trois sur le même lit, Suck-Chin se serrant contre la cloison marron de tâches de cigarettes, Shaineze au milieu en position vampirique, fixe mais imitant à la perfection les sonorités de la respiration humaine, et Solène au bord du lit, prête à chuter. Avec cette petite fille au centre, Solène se sentait plus ou moins rassurée. Les injonctions de Shaineze avaient été suffisamment claires, en ce qui concernait les autres résidents de l'hôtel. Solène lui avait obéi et lui vouait une confiance pour le moment limitée, malgré la puissance physique et le niveau d'intelligence qui accordait peut-être des bonus insensés à la petite fille. Au pays des joueurs de haut level[86], il y a toujours quelque chose de pourri.

Elle émergea, l'esprit embué, affamée, laissa ses deux camarades, et enfila en un clin d'œil ses habits habituels. Qu'il était bon de les retrouver ! Elle avait laissé ses habits de tournoi en désordre au fond de son sac. Le bâtiment était calme, personne n'était rentré dedans depuis l'extérieur. Quelques geeks arpentaient les couloirs déserts, les yeux mi-clos. Solène en salua quelques-uns. On n'osait pas sortir du bâtiment. Certains avaient rassuré leurs familles mais tous mentaient sur le fait qu'il leur fallait rester une semaine supplémentaire. On s'était donné le mot. De toutes façons, l'hôtel était devenu un quartier général, ceci avait été décrété collectivement. Ici, ils se sentaient en sécurité. Et ils avaient assez de nourriture stockée pour tenir en cas de siège, sur une semaine..

Ils déambulaient dans ces corridors en t-shirts froissés, tous grimés à l'effigie de leur Convention ou de leurs éditeurs/développeurs favoris. Quelquefois, entre deux couloirs, on pouvait croiser des nostalgiques, à moins que ce ne fût des fantômes. Ceux-ci avaient des t-shirts Sierra et avaient été oubliés dans la bataille. Ils étaient dépassés par les événements, mais apaisés. Dans le même état de semi-sommeil, leur démarche incertaine à la Woodruff, ils alpaguaient d'autres hères du même genre qui avaient opté pour les habits Lucasarts. Les premiers étaient moins marqués par les ans, sans doute parce qu'ils avaient su, comme ces adolescents qui entament de plein pied l'âge

---

86 En français, des joueurs de haut niveau.

adulte, arrêter les bêtises de leurs années formatrices pour se régaler en abandonware[87] de tous ces bons moments passés avec leur développeur phare. Sur les vêtements des seconds, eh bien, on pouvait lire la décrépitude et la déchéance du fan-boy en chien, incapable de comprendre qu'on utilisait sa nostalgie dans le but de lui vendre du rêve, mais qu'il ne pourrait absolument rien gagner à suivre un nom en espérant monts et merveilles, qu'il resterait comme ces hommes entortillés dans la routine d'une vie de couple où seul le plaisir de la consommation et des achats frénétiques restaient.

« Jamais plus Lucasarts ne pondra de point n click », une vérité impossible à accepter pour celui qui avait traîné ses guêtres sur le sol de l'Île de Mélée, qui avait sauté du Mont Rushmore en parachute, qui avait appris la musique sur un métier à tisser ou en donnant des coups de pied à un piano, impossible à avaler pour celle qui avait exploré l'Atlantide et qui avait un temps communiqué avec les esprits de cette glorieuse civilisation, qui était parti fouiller une planète inconnue, qui connaissait les moindres rudiments de la mécanique et qui avait été placée à la tête du numéro un mondial des motos. Il fallait que les fans de Lucasarts voient cette réalité qu'ils refusaient : le marché se saturait d'innombrables suites d'une licence qui avait été exploitée jusqu'aux pépins, et dont le créateur semblait lui-même ne plus savoir que faire. Il fallait qu'ils voient une réalité que le commun des mortels était incapable de comprendre... car le commun des mortels était insensible, perché dans une spirale interminable de faux-semblants, de masques sociaux, perché dans une vie de masques d'hypocrisie, obsédé par des idéaux de réussite sociale et matérielle.

Le commun des mortels ne comprenait pas l'importance de la culture geek, son essence profonde, qui allait bien au-delà de la considération d'œuvres vidéoludiques ou de science-fiction/fantasy...   il s'agissait également bien plus qu'une

---

87 Logiciel/jeu vidéo qui n'est plus supporté officiellement par un éditeur. Il est donc la plupart du temps disponible gratuitement sur Internet, déposé là par des passionnés.

communauté interconnectée. La culture geek était plus forte que tout cela, elle était un ensemble de flux de données qui transformait l'informatique en une gigantesque unité spirituelle.

****

Jour après jour, s'établissait le bilan de ce qu'on ne pouvait plus considérer comme des attaques terrestres. En quelques jours, rapidement, l'état d'urgence était décrété en France, le nombre de morts avoisinait dix-mille individus, et allait en s'alourdissant. Des portiques de sécurité s'installaient dans toutes les gares, les contrôles furent renforcés partout, et les différentes forces armées de la nation allaient procéder aux mesures prévues : la constitution allait être modifiée et la possibilité de perquisitions à domicile, sans préavis judiciaire, permise, ainsi qu'une interdiction de toute manifestation en plein air. L'élargissement des fiches S passaient du statut de « personne dont l'activité peut porter atteinte à la sûreté de l'état » à toute personne dont on « aurait des raisons de croire qu'elle serait susceptible de représenter un danger pour la nation ».

La France avait même demandé à l'Union Européenne de pouvoir utiliser le fameux article 15 de la Convention des Droits de l'Homme permettant de déroger au respect de certaines valeurs du texte universel pour des raisons de sécurité intérieure ou d'état de guerre. Personne ne pouvait apposer un visage ou une idéologie sur cette vague de meurtres, ni expliquer rationnellement la situation et c'est d'autant plus cette inconnue qui provoquait ces mesures exceptionnelles. Le discours du président de la république, puis les analyses d'Anita portées par la voix rauque du ministre de la défense, les votes rapides de grandes décisions prises en catimini dans le dos d'une population française déboussolée et choquée, tout concourrait à une situation de plus en plus tendue. Différents pays du monde y allèrent de leur empathie envers la nation française et ses habitants, tandis que d'autres s'inquiétaient déjà des conséquences de telles décisions. Les mesures de sécurité furent renforcées également à l'étranger. Quand aux zones dévastées, elles furent interdites à la population.

****

– Vous l'avez compris. Vous seuls pouvez distinguer à peu près ce qu'il en est.

Shaineze était assise au beau milieu de la salle de réception de l'hôtel, transformée pour l'occasion en immense salle de réunion. Elle se tenait debout, sous sa forme humaine, sur le comptoir, position qui lui donnait l'air de ces poupées en porcelaine qu'on retrouvait chez les grand-mères les plus respectables. L'assemblée était composée principalement de membre de la respectable communauté geek, tendant l'oreille et parfaitement attentifs, buvant ses paroles, assis en tailleur à même le sol. Les autres résidents de l'hôtel ne savaient quoi en penser, mais ils marchaient tout de même dans leur jeu. La porte n'était pas condamnée, ces derniers étaient donc libres de partir quand bon leur semblaient. Ils ne le faisaient pas.

Personne ne s'était aventuré dans l'hôtel bon marché. On avait pris la responsabilité, sans l'avis de la direction de la chaîne et sans qu'elle ne le sache, d'annuler toutes les réservations. La situation critique aidant, les clients s'en étaient eux-même chargés. De toutes façons le bâtiment n'était pas accessibles, les zones qui l'entouraient étant pour la plupart dévastées et entourées de barbelés. Personne n'avait pris la peine d'alerter la police ou de quelconques secours, pour la bonne et simple raison que Shaineze l'avait formellement défendu.

Suck-Chin se tenait sur une banquette, un peu plus loin, sirotant un cappuccino qui était désormais gratuit et offert par la maison. Il enchaînait les tasses à vitesse grand V depuis quelques jours. La pluie s'abattait avec fracas à l'extérieur. De temps en temps piaillaient des sirènes. Solène, affublée de son polo rouge brodé avec une queue de scorpion, en parfaite maîtresse d'opérations, se tenait sous Shaineze, à même le sol. Elle était captivée par le charisme naturel de cette créature innocente, cette petite fille à l'aura puissante, libérée de tout parasite pouvant nuire à l'expression humaine, libérée de l'imperfection humaine.

– Nous faisons face à une entité immatérielle, continua

Shaineze, du moins étrangère à toute votre conception. Soyez sûr, d'après les services dans lesquels je suis affiliée, qu'il n'y a pas qu'une seule main. Préparez-vous à vous battre contre quelque chose que vous seuls êtes en mesure de comprendre. Combien d'heures de jeu avez-vous jouées dans votre vie ?

Des mains se levèrent rapidement, malgré cette question saugrenue. Un torrents de nombres envahit la salle, car s'il était une question qu'il ne fallait pas poser à un geek, c'était bien celle-ci. Se remémorer toutes ces heures dépensées devant les monts et merveilles d'autres univers, c'était ouvrir son cœur, ses chakras et se laisser enivrer dans un état contemplatif. Même Solène ne pouvait résister à dévoiler ces souvenirs et se leva pour aller les rejoindre et entrer dans le brouhaha réconfortant d'une discussion de gamers.

Mais, Shaineze descendit de son piédestal et se mit en barrage, lui bloquant le passage de ses mains. Solène s'arrêta, stupéfaite par l'intensité du regard de la petite. Elle tenta d'attraper sa main. Une vibration, douce et chaude, passa dans les bras de Solène. Elle aperçut très nettement un champ de force, collée à la peau de Shaineze. Celui-ci serpentait autour du corps de la créature, tournoyant comme un pas de vis perpétuellement en mouvement, liquide et électrique à la fois. Le champ s'évanouit, laissant quelques rémanences de lumière dans les yeux de Solène. Elle se frotta les yeux et la vision redevint normale. La petite avait toujours les mains en avant, dirigée vers Solène, qui savait qu'il était impossible, avec ses moyens, d'outrepasser cette barrière, qui prit surtout conscience que la petite créature était capable, avec quasiment la seule force de sa volonté, de la tuer. Mais, elle n'avait pas peur. Après tout, nous n'étions que dans un autre monde ouvert.

– Écoutez-moi, déclama Shaineze d'une voix impérieuse qui ferma les vannes du flot de nombres tandis que Solène restait debout près d'elle, disons que vous dépassez chacun un bon millier d'heures de jeu, si l'on considère que la majorité d'entre vous est majeure. Eh bien, tout ce temps passé devant vos écrans a en réalité constitué un entraînement, un prélude à ce que vous avez et devez être. En utilisant ainsi cette capacité à vous déconnecter de la réalité appelée fort à-propos, par votre amie ici présente, « Monde Ouvert Réel », (Solène se sentit apaisée, mais pas rassurée pour autant, surtout lorsque la petite fille agitait ses mains), vous avez augmenté votre niveau de ___________[88].

– Il faudrait faire un effort sur la traduction du terme, Shaineze, remarqua Solène, que dirais-tu de « geek-o-tron »?

– Tu as… regardé des nanars ces derniers temps, Solène ? demanda Suck-Chin en haussant les sourcils de dépit.

Des noms fusaient encore, des mots virevoltant dans le hall, l'assemblée totalement dissipée éclaboussait d'impertinence et se noyait dans la confusion. Shaineze lança un regard gentiment

---

[88] Le mot ici présent est représenté par un trait car il est strictement imprononçable.

réprobateur à Solène, accompagné d'une moue grotesque qui la fit exploser de rire, habité plus d'une somme de tensions accumulées par une terreur naissante que par une sincérité désarmante.

****

Tour Asem, Palais des Congrès de Coex, Samseong-Dong, Gangnam, Séoul. Myung-Dae se débattait au milieu de ses montagnes de dossiers en retard. Il était lessivé, rincé, et obligé de se tenir le dos rond sur sa chaise, fusionnant presque son nez avec son écran. Il tapotait nerveusement sur le clavier de son pc portable de bureau dernier cri (si toutefois on pouvait appeler ainsi une machine qui avait été achetée en début d'année et qui allait rapidement être dépassée[89]), ses yeux exécutant des aller-retours furtifs entre ses sessions cachées d'Heroes of Might and Magic 3 en mode impossible -il en avait besoin pour booster ses performances personnelles au travail- et des rentrées informatiques de contrats évalués à plusieurs milliards de wons sud-coréen. Son travail à la Tekoon Corp, il l'avait décroché au prix de nombreux sacrifices. À présent, il était payé à taper à la machine et, indirectement, à faire d'épiques conquêtes sur

______

89 Le concept de « dernier cri » ne s'applique pas au monde des PC. Ce serait comme de coller l'étiquette « next gen » sur des périphériques ou des jeux vidéo. On attend toujours la next gen, la génération Y venant tout juste d'être théorisée au grand public par nos plus brillants sociologues. Qu'y aurait-il alors après la génération Z, si toutefois nous parvenions à rester vivant pour la voir ? Le recommencement de la vie humaine Ou son anéantissement pur et simple pour sa substitution par des cafards de l'espace ? La domination totale d'Electronic Arts sur le monde ? Quoi qu'il en soit, même la fin du monde n'empêchera pas la production d'un énième Call Of Duty. Si l'étiquette « next gen » fonctionne sur des consoles -qui ne sont pas librement modulables et osent encore, au XXIème siècle, garder le même microprocesseur sur un certain nombre d'années !-, on ne peut pas en dire autant du monde des PC. Et lorsque vous présentez la chose à un K, il vous rit au nez, fort de ses microprocesseurs dont il aime à réduire la durée de vie en les overclockant -extension de l'horloge processeur, donc gain de performance pour une perte de stabilité...- à la limite de leurs capacités.

105

différents jeux vidéo. La salle étendue dans laquelle il se trouvait remplissait presque la moitié du septième étage de la tour. Les postes de travail étaient répartis dans des boxes de 4 m², tous semblables, aux cloisons contreplaquées sur lesquelles il était possible de planter des choses. Myung-Dae avait choisi d'y mettre des insectes. Un véritable tapis chromé d'espèces mortes, épinglées derrière des surfaces d'écrans à dalle matte amovibles pour qu'il ne soit pas incommodé par les reflets du soleil. Ceci lui avait coûté de longs voyages et des heures d'investigations à barboter dans l'humus frais des montagnes. Il avait ainsi découvert les merveilles cachées des paysages de son pays. Il avait placé sous chaque parcelle d'insectes un tapis collé de feuilles en plastique. Son responsable acceptait cette passion ; il devait nécessairement l'accepter, tout comme ses voisins de box, car le travail était fait et que la firme veillait au bien-être de ses employés. Cependant, jamais le boss n'avait eu l'idée de regarder dans son ordinateur qui contenait certaines vénérables antiquités comme M.A.X. ou encore Close Combat. Aucun responsable ne pouvait regarder dans un ordinateur d'employé de la firme, car il risquerait de dénicher un bon petit jeu et d'en devenir accroc, pensait-on entre employés.

Myung-Dae préférait de loin les jeux au tour par tour. Il avait claqué une partie de Civilization V en quelques mois, n'hésitant pas à demander des surplus de travail pour pouvoir faire la peau de cet intelligence artificielle qui le poussait dans ses derniers retranchements.

— Express à faire ce soir, de la part du boss, entendit-il.

Un avion de papier vola par-dessus la cloison et vint s'écraser non loin de la tasse contenant une petite moquette bleue qui était autrefois un excellent café du Pérou. Il devait rincer cette tasse, à chaque fois il se le répétait, mais elle persistait et restait indéboulonnable, comme lui en quelque sorte. Il était payé au prix fort à traiter des dossiers dont il se fichait royalement, tout comme l'avenir de l'entreprise dans laquelle il officiait. Son but était de réussir dans tous les jeux tour par tour PC, à vaincre dans la plus haute difficulté possible. Il y était parvenu -sa petite amie de l'époque n'étant pas vraiment éprise de contrées spatiales, était surtout parvenue à s'en aller- avec Master Of Orion 2 par exemple. Telle était sa destinée, et il devait s'en acquitter avec honneur.

Pour l'heure, il lui fallait terminer cette pile de paperasse, au moment où il engageait un combat intense à l'écran contre des licornes. Il pressa alt+tab pour repasser au logiciel professionnel, avec résignation. Il ouvrit la première pochette cartonnée, au coupe-papier. Les premiers chiffres contenus dans ce dossier lui donnèrent le tournis, tout comme les noms des principaux collaborateurs qu'il ne parvenait pas à prononcer. Il ramassa l'avion en papier et le déplia : il s'agissait d'une demande à appeler un client quelconque, bien placé aux yeux du patron. Il fallait s'assurer que le système de sécurité portatif de la firme fonctionnait dans sa résidence. Myung-Dae prit un papier de la poubelle, confectionna habilement un petit croiseur stellaire au cœur duquel il plaça son numéro de téléphone personnel. Il le balança dans le box voisin :

– Colonel, nous allons nous écraser ! Aahhhhh !

Il attendit malicieusement, traitant négligemment son dossier pour l'archiver dans la machine. Quelqu'un se présenta à l'entrée de son box, frappant quelques coups contre le bois. Une séduisante coréenne, habillée avec une jupette et un uniforme, entra :

– Un petit café, Myung-Dae ?

Les dossiers en retard lui prendraient une petite heure de traitement. Il lui restait un après-midi entier. Bon sang qu'il aimait ce job !

– Naturellement, ma chère !

Ils se présentèrent devant une machine dépourvue de boutons, affichant des tasses et des marques de marc de café. Myung-Dae appela l'appareil :

– Sylia.

– Comment allez-vous ? s'enquit la machine. Avez-vous une tasse à me présenter ou dois-je vous en fournir une ?

– Sors-en une, demanda-t-il, trois barres de sucre blanc dedans, café long, Pér… Ouganda..

– Et pour madame, ce sera ?

L'intelligence artificielle de la bécane à café l'avait prit au dépourvu sur cette question. Il arrivait même à un sud-coréen d'être parfois surpris par les technologies de pointe, comme quoi…

– Un thé vert citron, sans sucre.

– Bien… Je n'ai pas besoin de vous précisez le prix. Monsieur paiera le tout ?

Myung-Dae sortit le compte, qu'il introduisit dans la fente. Une petite vibration se fit entendre et les deux tasses en plastique sortirent de chaque côté de la machine.

– Myung-Dae…, commença Pinko, car tel était le nom de la femme après laquelle il courait depuis quelques semaines, il faut que je te dise quelque chose.

Soudain, il fut saisi d'un violent vertige et de quelques tremblements. Elle pouffa :

– C'est moi qui te fait cet effet-là ?

– Ack…

Il laissa tomber son café, puis se précipita, s'extirpant des rangées, une boule à la gorge, vers la grande baie vitrée d'à côté, pour prendre une petite portion de lumière du jour. Un soleil éclatant envahit l'étage. Pinko le rattrapa, sourit, puis mit le bras autour de Myung-Dae :

– Tout va bien, il fait beau, reg …

Mais elle poussa un petit cri.

Des employés cessèrent subitement leurs activités et s'extirpèrent comme des taupes voulant prendre une gorgée d'air pour constater que tous les immeubles alentour avaient disparu, au profit d'une vue sur les nuages. En l'espace d'une minute, toute activité était en pause. Chacun se massa prêt de la baie vitrée qui encadrait l'étage et en arriva à la conclusion que le bâtiment était rendu à quelques milliers de mètres au-dessus du sol.

Quelques bruits de toux se firent entendre et on demanda à chacun de se calmer et de ne surtout pas ouvrir les fenêtres. Comme un seul homme, même dans des circonstances aussi exceptionnelles, ils gardèrent la tête froide et se mirent à calculer différents paramètres comme le possible taux d'oxygène qui risquerait de descendre assez rapidement pour tout d'abord les endormir, puis les asphyxier. Personne ne paniquait car chacun savait dès cet instant que ce serait du gaspillage d'énergie.

Myung-Dae se précipita, déjà haletant, vers le bureau du responsable, se cognant contre les cloisons des box, renversant des papiers posés un peu partout, incapable de marcher droit, laissant Pinko en plan. Sa respiration sifflait légèrement. Il tourna la poignée de la porte où se trouvait le logo de l'entreprise et le nom en tout petit du responsable et entra dans un bureau spacieux, sobre et élégant. Il passa devant son responsable livide et ouvrit l'accès au balcon, pour se manger un violent appel d'air. Il arpenta le petit balcon en fer forgé, orné de petites sculptures en pierre et de quelques plantes disséminés au bord du vide. Il n'osait pas regarder en contrebas, même si les nuages empêchaient de contempler Séoul. Il se rendit rapidement compte qu'il n'avait pas froid, ce qui était assez anormal au vu de la hauteur à laquelle il se trouvait. Le vertige le reprit aussitôt, et il se coucha sur la surface du balcon, pour se calmer. Ses yeux se dirigèrent alors vers le haut de la tour, où il aperçut un immense morceau de chair rose, affalé sur la surface vitrée de la tour. Avec horreur il vit la surface de kératine qui terminait ce bout de chair rose.

À côté de lui, son patron se tenait debout, la tête en l'air :

– Ainsi donc, c'est à cela dont les vidéos amateurs ont fait allusion lorsque la France a été prise d'assaut, dans les aéroports. Étonnant, n'est-ce-pas ? Relevez-vous donc, Myung-Dae, et admirez-moi ceci.

– J'ai le vertige, et je vois très bien d'ici de toutes façons.

Zoo-Yun, brillant responsable de l'entreprise de téléphone portable la plus prometteuse du moment, sortit justement l'un des gadgets de sa firme, l'un des prototypes soigneusement gardés qui permettaient d'afficher du 4K réduit sur un petit écran et d'envoyer en streaming temps réel une vidéo comme on descend un soda entre deux votes de lan session. Il déposa une petite chaise pliante en plastique sur le balcon.

– Si seulement, déplora-t-il en tripotant sa machine, on pouvait avoir accès à ces vidéos amateurs françaises, peut-être pourrions-nous attester de son existence ?

Myung-Dae se releva péniblement et s'époussseta :

– Comment faites-vous pour garder votre calme dans un moment pareil ? Nous sommes suspendu à plusieurs milliers de mètres au-dessus du sol et tout ce à quoi vous pensez, c'est d'aller regarder des vidéos occidentales !

– On ne devient pas haut responsable d'une telle boîte sans un certain sang-froid. Regardez, nos réserves d'oxygène vont rapidement s'épuiser. Combien de minutes pensez-vous qu'il nous reste avant de suffoquer et de mourir ? J'ai déjà plus ou moins envie de dormir.

– En fait, nous devrions déjà être morts, monsieur, jaugea Myung-Dae. C'est déjà inexplicable que nous haletions sans subir de perte de conscience. C'est déjà illogique que nous ne soyons pas frigorifiés.

– Le processus est simplement ralenti. Vous avez au pire gagné une heure à vivre. Ou alors…

Il arrêta de jouer avec son portable -pas de réseau- et sortit un crayon de sa poche, qu'il pointa vers l'ongle massif :

–… Nous sommes peut-être tous déjà morts, comme vous le dites.

****

Youssou écoutait avec attention le diagnostic du médecin, en émergeant de son sommeil. Il avait le bras et trois côtes cassées. Thérèse avait fait une petite erreur de jugement, semble-t-il, en lui remettant juste l'épaule et le bras en place. Les douleurs n'avaient en fait pas cessé jusqu'à son passage à l'hôpital, malgré des bandages et une solide attelle. On l'avait laissé aux mains des urgentistes, Thérèse, Shaineze et Solène restant dans la salle d'attente. Puis il était décidé qu'il resterait plusieurs jours ici. Et ils l'avaient laissé là, sans redonner de nouvelles ni en prendre. Et son amie Caroline ? Où se trouvait-elle à présent ? Elle avait été

110

dans le même train qu'eux, mais il ne se souvenait plus des détails. Il y avait un autre gars avec eux, négligé et drogué, dont le prénom, comme l'apparence, lui avait échappé. Il ne parvenait plus mentalement à poser de visage sur ces noms, comme si ces personnages avaient toujours été incomplets… seulement, il ne pouvait oublier Solène, elle lui apparaissait très clairement à l'esprit. Il avait été blessé, mais par quoi ? Qu'est-ce-qui pouvait bien lui avoir enfoncé trois côtes et cassé le bras ? Il avait perdu un peu de mémoire immédiate, couché dans un très confortable lit d'hôpital. Une infirmière s'approcha avec un chariot rempli de boîtes aux noms tout aussi imprononçables les uns que les autres :

– Vos antibiotiques, monsieur.

Youssou se mit sur la défensive :

– Des antibiotiques ? Pour des os rompus ?

– Pas que… Il semble que vous ayez une infection. Rien de grave visiblement, mais nous ferons quelques analyses ces prochains jours.

– Parce que je dois encore rester ici ?

« … Tandis que Solène est ailleurs. Et comment savent-ils que j'ai une infection ?Combien de jours suis-je resté allongé dans ce lit, bon sang ? »

Il vit une seringue sur le chariot :

– Ca ce n'est pas pour moi, hein ? demanda-t-il

– Voyons, pourquoi devrions-nous vous piquer, nous sommes là pour vous soigner, blagua-t-elle. D'ailleurs… ?!

« … Cette seringue n'a pas sa place sur ce chariot, conclut Youssou mentalement, tout comme je me demande ce que je fiche ici. Je suis sensé aller en région parisienne, pour rejoindre de la famille, enfin je crois. »

L'infirmière prit la seringue et fronça les sourcils, dubitative. Elle ne l'avait pas posée ici. Elle la fit jouer entre ses doigts, et constata un petit dépôt vert à l'intérieur. Elle la reposa dans le plateau inférieur, fronçant les sourcils.

– Faites-moi voir cette seringue, s'il-vous-plaît, mademoiselle ? demanda Youssou.

– Eh bien ! Si vous y tenez, mais ce doit être… un matériel

médical utilisé…

Elle parla, pour elle-même :

– Je vais faire analyser ce fluide plus tard.

Qui avait l'apparence d'un mollard durci…

Youssou eut un flashback assez net. Une petite main se dessinait dans sa vision, plantant cette seringue dans un bras. Ce bras brillait intensément puis des vêtements tombaient sur le sol. Comme si elle avait saisi ses pensées, l'infirmière acquiesça et saisit son téléphone de travail.

****

Il n'y avait plus aucune réception réseau dans la Tour ASEM, mais les appareils électroniques fonctionnaient tous, tout comme les Pcs et Macs qui restaient allumés, tout comme la Sylia, dont personne, en particulier la gente masculine, ne souhaitait se séparer. Le bâtiment était toujours, d'une façon comme une autre, relié à un réseau électrique. Il restait stationnaire, totalement immobile dans les airs. Les résidents, employés et visiteurs de la tour étaient massés dans les étages supérieurs, chacun prenant des clichés avec des modèles estampillés du nom de leur entreprise. Des centaines de photos de phalanges et de chair rose iraient inonder les réseaux sociaux, si toutefois ils survivaient.

Des sons se firent entendre tout autour. Des chasseurs de l'armée sud-coréenne qui tournaient autour de ce qui était une main flottante qui agrippait une tour de cent soixante-seize mètres de haut. Les différents protagonistes :

– Apercevons une main qui maintient la tour ASEM en l'air, rendit compte une unité. Souhaitez-vous avoir un visuel ?

– Qu'est-ce-que c'est que ça, je vous prie ?

– Son propriétaire est sûrement parti prendre une bière entre deux sessions, je présume.

– Qu'est-on censé faire de ça ? Si on tire dessus, la tour retombe et va pulvériser le centre des affaires de Gangnam !

– Bon, soyons rapides et efficaces, nous avons le temps.

Un essaim de chasseurs tournait rapidement autour de la main, qui restait désespérément stoïque.

– A ton avis ? Qu'est-ce qui peut bien lui passer par la t...

L'index de la main se décolla rapidement de la paroi, faisant valdinguer au loin l'un des chasseurs qui décrocha complètement, traversant le tapis de nuages pour une courte destination sans retour, venant s'encastrer dans un garage automobile, pulvérisant des prototypes fonctionnant à un type de gaz spécial. Le bâtiment entier explosa tandis que le concessionnaire, dans une voiture garée dans un parking à un kilomètre d'ici, prit la peine de ne pas signer le contrat de l'inventeur de ce carburant. En effet, il était stipulé que ce gaz n'explosait pas au contact de sources élevées de chaleur. Or, comme il venait de le voir à l'instant, on l'avait floué, trompé sur la marchandise.

Par réflexe, un chasseur ouvrit le feu sur la main. De petits objets noirs vinrent se ficher dans la chair. Celle-ci lâcha la tour et l'envoya encore plus haut. Le bâtiment partit en flèche mais totalement au ralenti. À l'intérieur, ses occupants sentirent une légère poussée. Myung-Dae et Soo-Yun se précipitèrent à l'intérieur du bâtiment, qui était transformé en ascenseur géant. Cette fois, il ressentirent une pression certaine au niveau de leurs tympans. La tête leur tourna violemment. Soo-Yun tomba et s'assomma sur le coin de son bureau, tandis que son inférieur se mit en boule, tremblotant.

La main prit un chasseur entre son pouce et son index, son propriétaire l'examina avec attention, puis appuya fortement. Le pilote vit la masse le compresser, tandis qu'il se ratatina dans l'habitacle, les morceaux de verre et de métal lui transperçant le corps de toutes parts. La main écarta ses doigts, présentant des micro-brûlures provoquées par la chaleur de l'appareil qui tomba comme une mouche.

Elle prit un peu de hauteur, évitant de justesse un missile téléguidé, et présenta son plat. Du dos de la main, elle réceptionna l'immeuble qui arrêta sa course. L'impact fit valser ce qu'il y avait à l'intérieur de la tour.

Les bureaux se détachèrent et partirent en tout sens, ainsi que ses résidents. Quelques-uns vinrent se fracasser contre des murs, des coins de table. À l'étage de la firme de portables, on fut réceptionné en désordre dans les box, qui pour le coup servaient de paniers de basket. Le bâtiment tenait péniblement en équilibre sur le plat de la main, sur ses veines noires gonflées. Celle-ci recula rapidement en diagonale, provoquant un renversement de la tour, tandis que ses habitants se cramponnaient à tout ce qu'ils pouvaient. Malheureusement, tous les étages n'étaient pas équipés de verre assez solides pour supporter le poids de dizaines de personnes fonçant vers elles. Sous la pression de cette chair, quelques-unes cédèrent et déversèrent dans le vide leur lot. Le deuxième mouvement maintint de nouveau la Tour droite, collée au dos de la main. Myung-Dae vomit sur son patron inconscient, tandis qu'ils retombèrent au milieu de la pièce. Le taux d'oxygène avait d'un coup remonté, lui redonnant des réflexes. Sous l'index de la main, un gigantesque rectangle de sélection s'afficha brièvement, puis un bruit de plastique frappé se fit entendre.

Prit d'un coup de folie, Myung-Dae prit le portable antichoc et perfectionné de Soo-Yun et se dirigea vers le balcon pour filmer ce qui se passait en-dessous. Il vit des employés qui lévitaient, en position fixe, au-dessus des chasseurs qui l'étaient tout autant.

– Que se passe-t-il, s'écria l'un des pilotes, je ne peux plus rien contrôler ! Plus rien ne répond !

En effet, les palonniers, les joysticks, les manettes de gaz des chasseurs étaient neutralisés, bien que la communication fonctionnait toujours. Le visuel était néanmoins transmis en direct à l'armée de l'air sud-coréenne et d'urgence aux autres forces armées. L'écran restait fixe. Les pilotes pouvaient bouger dans leur habitacle, mais il leur était impossible de sauter en parachute et de sortir.

Nettement, Myung-Dae vit des barres vertes au-dessus de chacun des avions. Il s'agissait de barres de santé. Il semblait que le carburant n'avait même plus d'importance. Les civils qui flottaient avaient aussi des barres de vie. Celles-ci descendaient lentement, sûrement en même temps que leurs réserves d'oxygène. Ils étaient dans les pommes. La main disparut, au-dessus, s'absentant durant quelques minutes. Derrière Myung-

Dae, Soo-Yun émergeait, le corps endolori, relevé par quelques employés. Certains se tenaient les membres, couverts d'ecchymoses, s'étant déchiré les chemises pour se faire des garrots, une odeur de fer embaumant la pièce.

Myung-Dae entendit, très distinctement, un clic de souris. Ce son se logea dans sa tête et il dût se tâter pour être sûr qu'il n'était pas devant son PC. Son cœur s'emballa un instant, partant en tachycardie. D'autres spectateurs s'ajoutèrent à lui, puis ce fût une flopée de tête qui passèrent par les fenêtres entrouvertes et les carreaux brisées, constatant un ballet des plus étranges. Les avions changèrent de formation, d'abord ce fut un triangle rempli, puis une disposition où un chasseur se tenait au centre, et ainsi de suite. À chacune d'elles, un appui sur une touche de clavier, clairement audible par chacun. Un petit symbole se posa à côté des barres de santé des chasseurs, qui se décalèrent légèrement, presque hors du champ de vision. Les personnages flottants, dont la barre de santé clignotait dangereusement, s'élevèrent et s'approchèrent de plus en plus du balcon où ils se tenaient. Ils furent bientôt à portée, puis disparurent vers les hauteurs de la tour. Visiblement, on ne savait pas quoi en faire, d'autant que l'un trépassa dans l'instant. D'un coup, ils disparurent. Myung-Dae comprit alors qu'on avait appuyé sur l'équivalent d'une touche « suppr » d'un clavier. Il tressaillit. Ses collègues en firent de même.

Les chasseurs, d'un formidable élan, s'élancèrent. Cette fois c'est Soo-Yun qui eut une vision, fugitive, de leur destination. Il fût prit d'un rictus d'horreur à mesure qu'il en réalisa les conséquences.

****

« Gikna ». Le mot était à présent sur toutes les bouches des joueurs. Gikna… tel était la traduction humanisée du fluide qu'ils possédaient dans le corps, un fluide inodore, invisible, mais pourtant qui avait sa raison d'être. Il circulait doucement, vivant sa vie directement sous l'épiderme.

– Vous n'en avez jamais eu conscience jusque-là, expliqua Shaineze, qui se baladait dans la pièce. Simplement… il s'étale dans des couleurs que vos rétines limitées ne peuvent simplement pas imaginer. Ce fluide évolue, mute et vous renforce, mais pas physiquement, ni mentalement. Lorsque la quantité est suffisante, vous pouvez voir ces choses volantes, percevoir des sons qui sont caractéristiques de vos parties de joueurs. Seulement, il ne s'était encore jamais manifesté de façon aussi vive chez des êtres humains. Le principal réceptacle, ce corps qui est à l'origine de l'activation humaine du gikna, se tient là, debout, devant vous.

Solène avala sa salive bruyamment : elle avait été le vecteur de tous ces événements, activée par défaut.

– Et parlons tout de suite des choses qui fâchent : j'ai été chargée d'assurer une protection rapprochée pour Solène, car elle est l'un des peu nombreux pylônes à gikna sur le globe. Les Cliqueurs, dont vous avez judicieusement choisi le nom durant notre réunion, et qui dirigent ces mains, veulent éliminer les pylônes, car c'est à cause d'eux que les humains peuvent désormais voir ce qui était au-dessus d'eux durant des milliers d'années. Les Cliqueurs sont maintenant fortement contrariés et ne vont pas s'arrêter en si bon chemin. Je ne vais rien vous cacher, le temps presse. Considérez-vous dès à présent en guerre !

– Mais… une guerre réelle ?

Solène intervint :

– Dans une réalité comme dans une autre, les effets sont les mêmes…

Une vague de froid parcourut l'assemblée, ce n'était pas les courants d'air de la double porte d'entrée qui était à présent verrouillée. Suck-Chin se leva et s'approcha doucement de Solène. L'auditoire était aux aguets, prêt à l'écouter, avec respect et crainte à la fois. Elle savait, elle pouvait leur parler, car elle était geek, jusqu'au bout des doigts, dans sa signification la plus pure, mais… Il se rapprochait, et elle pouvait sentir à présent son odeur, en-dessous de cet odeur de café, et eut une petite absence. Elle ne pouvait, n'avait jamais contrôlé cette sensation agréable, mais pour elle dangereuse et étouffante. Il était beau, en cet instant il luisait légèrement comme ces lampadaires qui se mettent en économie d'énergie un doux soir d'été sous une pleine lune. Mais elle s'efforçait de lutter contre ces pensées qui la déstabilisaient, surtout quand il posa sa main sur son épaule gauche.

– Il te faudra mener un autre combat, au moins aussi intense, chuchota Suck-Chin.

Il resta debout, se posa prêt d'elle, face à l'assemblée. Son corps battait tout entier, elle pouvait apercevoir une légère lueur sous son épiderme. Elle plissait les yeux pour mieux saisir ce qu'elle avait entraperçu mais la vision était imprécise. Le Gikna donc.

****

– Je ne pensais pas dormir dans un squat, s'étonna Solène.

Elle était affalée à l'étage supérieur, sur une banquette et avait délaissé la chambre 731 pour la 7. La plupart des geeks présents avait gardé leur chambre. Personne n'osait mettre les pieds dehors. Comme la wi-fi était disponible et qu'il fallait préserver leur taux de gikna, ils s'affairaient devant leurs PCs portables, devant divers jeux. Ceux qui ne pouvaient jouer discutaillaient de la pluie et du beau temps, des derniers jeux surtout, et bien sûr des événements. Ils envoyaient des mails à leurs familles respectives, pour les rassurer, inventant divers bobards. Suck-Chin acceptait la situation, bon gré mal gré :

– Nous sommes comme qui dirait coincés ici pour le moment, le briefing n'est pas terminé, et nous courons un gros risque si nous sortons à découvert, surtout si les Cliqueurs nous cherchent. Quand je pense aux cinq personnes de l'hôtel, qui ne comprennent rien à tout ce qui se passe…

– … Et à qui nous faisons faire des heures supplémentaires, remarqua Solène. Ils iront quand-même, si nous restons ici jusqu'à la fin du mois, faire des courses pour nous fournir, pour peu qu'il y ait des bâtiments qui n'aient pas été désertés ou qu'il en reste encore debout. En attendant, on ne mangera pas très sainement si

117

on se sert dans les premiers magasins trouvés.

– Nous n'avons pas le choix.

Il lui servit un café-noisette.

Elle déclina poliment :

– En attendant, le « Battez-vous avec ce que vous connaissez » de Shaineze (elle n'était pas rassurée et agitait la souris deux boutons qui était greffé à son gant). Qu'est-ce-qu'on est censé faire avec des périphériques Pcs, sérieusement ? Son « vous verrez » n'est pas très rassurant.

– Tu n'as pas envie de te faire une partie de quelque chose ? lui demanda Suck-Chin. J'ai mon PC portable aussi !

– Pourquoi pas ? Je vais voir à ma chambre.

Elle glissa sa carte dans la fente et ouvrit la porte. Son sac était posé sur le lit. Elle l'ouvrit.

– La forêt ! Mon PC !, s'indigna-t-elle.

Elle se posa sur le lit, emplie d'une vague tristesse. Elle se prit la tête à deux mains, fixant les abords du bâtiment depuis les bâtiments. La machine devait avoir pris l'humidité, depuis, et être fichue, même engloutie par un arbre dans une forêt. Elle se remémora l'innocence lue sur Shaineze lors de la rencontre dans le train. Son accompagnatrice n'était pas sa mère, de toute évidence. De qui cela pouvait-il s'agir ? Elle avait beau se concentrer, il était impossible de se souvenir de son visage. Et Thérèse… Thérèse ne semblait pas réelle, de toutes façons, pas dans la conception « non-geek » de la réalité en tout cas. Elle avait été… « générée », oui c'était peut-être le cas. Un personnage non joueur, P.N.J. pour les habitués.

P.N.J… Ces trois lettres résonnaient dans sa tête, dans chacun de ses membres, y compris dans ses poumons. Elle avait grand besoin d'air, elle en manquait terriblement. Sans doute l'atmosphère confinée de ses chambres, l'anxiété engendrée par la grisâtre couverture devant laquelle elle avait vu des avions bugger, se dévier de leur trajectoire initiale.

P.N.J… Comme cette impression de ne plus avoir les rênes de de la machine qui transportait son avatar réel et unique dans ce putain de monde ouvert, incontrôlable et faussement ordonnée que l'on appelait à tort le monde réel. Une perte des commandes de son corps, la conscience de l'extrême limitation du champ des possibles. Solène ouvrit la fenêtre, en panique, tremblante. Une vague fraîche, humide, cinglante vint lui fouetter le visage. L'air de l'Île-de-France devenait une cheminée d'usine géante. Au-dehors, il y avait des bâtiments en ruine, à perte de vue, et une odeur de brûlée persistante. Heureusement, il pleuvait. Elle referma la fenêtre, rageusement. Elle ressentait ces choses, cette angoisse qui l'éreintait. Malgré cette preuve, le doute la submergeait. La porte s'ouvrit derrière elle. Suck-Chin apparut dans le cadre :

– Solène, tout va bien ?

Ses cheveux roux étaient en bataille devant son visage. Elle épongeait ses larmes avec, cachant son désarroi.

– Suck-Chin… crois-tu vraiment à ses discours ? Je veux dire… Shaineze ?

– Après ce à quoi nous avons assisté, je peux lui faire confiance, oui.

Elle réfléchit un instant :

– Elle nous a avertis, nous a appris l'existence de phénomènes que nous seuls pouvions voir. Crois-tu vraiment à cette histoire de gikna ?

On frappa à la porte :

– Solène, Suck-Chin, cria une voix. Venez vite voir !

Ils se précipitèrent dans le hall principal, à la suite du camarade qui les avaient appelés. Un poste de télévision affichait une tour. Autour de celle-ci il y avait un horizon bleu. Quelques avions filmaient, en direct.

– La tour ASEM, piailla le haut-parleur, est suspendue, en lévitation, au-dessus de Séoul. Au sol, des bâtiments ont été détruits. Il n'y a pour le moment aucune victime à déplorer. On ne sait comment la tour tient dans cette position… les autorités sud-coréennes affirment qu'elle est maintenue par une main, toute la population l'affirme. Pierre ?

– Je vois un bâtiment suspendu, dans les airs, c'est inexplicable !

Une rumeur s'échappa de l'assemblée. Clairement, le bâtiment était maintenu par une main à la chair bien rose, du même type de celle qui avait pisté Solène et ses compagnons dans la forêt normande. Ils la distinguaient très nettement, tous sans exceptions. Les sud-coréens aussi, apparemment.

– Quelle preuve vous faut-il de plus ? était-il traduit en direct.

Une masse de chair, les veines battant le long de doigts plissés teint rose bonbon était visible à l'écran. Cette créature aurait pu être pensé par Peter Molyneux, si toutefois on considérait ce dernier comme un génie dont le talent dépassait et crevait le tissu de la réalité. Elle pressait doucement la tour ASEM, la maintenant à la verticale, tel l'enfant qui admirait son jouet sous toutes ses coutures et qui le berçait doucement devant ses yeux friands de découvertes.

Solène la façonnait intérieurement, la modelant en son esprit en trois dimensions claires et précises, tandis qu'elle ressentait les coups de poignets sur la souris démontable et qu'elle s'abrutissait des clics dansant sur l'arythmie d'un cœur en fin de service. Elle construisait dans son esprit, tandis qu'un formidable flux lui pénétra le système nerveux par la clavicule.

Le gikna… Vivant, présent et immatériel, inaltérable, ne s'embarrassant d'aucune limite formelle. Le fluide battait, puissante caisse claire, jusque dans ses temps, accélérant son flux sanguin. Une petite mort renouvelée qui avait immuablement été la face cachée de la vie. Cela pouvait tout remplacer, et ne souffrait d'aucune comparaison. Elle se souvint de son rêve, en détails. Elle avait comaté dans un train, vers son propre exutoire. C'était sa vision à elle, celle des temps anciens. Elle faisait sens. Le gikna venait de lui donner la précision que les religions n'avaient fait que tutoyer, vénération qui avait jalonné les millénaires, prenant des formes, des couleurs, des noms différents. Qu'on la vêtisse de toutes les métaphores, l'évidence apparaissait, enfin, à Solène. Il ne fallait pas passer par le gikna, qui à présent nourrissait son système nerveux, ses organes internes, pour comprendre que la preuve n'était pas en lui, mais **était** lui.

– La question n'est pas de savoir ce que vous percevez, s'enflammait le traducteur, imitant les vociférations de la voix coréenne posée sur une fréquence radio impeccablement vierge de tout parasite, mais pourquoi vous obstinez-vous à ne pas la percevoir ?

Soudain, la conversation fut coupée, le temps de passer à une autre information du journal télévisé : comme tous les ans au même moment, les inondations ravageaient des villages dans l'Aude. Focus sur une famille… dont la femme en pleurs se plaignait d'avoir tout perdu. Une fois de plus. Mais, le spectacle habituel n'émouvait plus personne.

– Personne n'est crédule, murmura Solène, à la Solène imaginaire qui avait ressurgi dans sa tête, et qui avait été sa plus fidèle alliée de toujours ; le montage… est techniquement maladroit ; stratégiquement, la chaîne se tire une balle dans le pied.

L'audimat avait dû grimper en flèche, tout comme le malaise qui s'éveillait dans le cœur des français. De la censure, en direct, dans le pays des droits de l'homme, ou ce qu'il en restait. Solène fut encerclée par ses geeks, ou plutôt son armée, Shaineze connectée à sa main droite, Suck-Chin relié à sa gauche par contact cutané, en parfaite harmonie.

Tous leurs semblables de l'Hexagone froncèrent les sourcils.

****

– Le patient n'accepte plus la moindre piqûre depuis.

Youssou écoutait, caché dans un couloir plongé dans l'obscurité, ce que son infirmière et son médecin se disaient. Un mince rayon de lumière jaunâtre s'échappait timidement de la porte entrouverte. Il se sentait faible, mais pas suffisamment pour être couché. Les événements auxquels il avait assistés en visionnant la télévision de sa chambre l'avaient convaincu. Il n'avait pas vu de main volante, lui, mais savait très bien ce qu'elles pouvaient faire. Cette chose l'avait soulevé et balancé au sol, lui avait éclaté des côtes, il ne la matérialisait pas, mais il lui fallait en apprendre plus sur elle. Il se souvint de tout, sauf des visages : il avait continué son bout de marche avec Solène. Thérèse, une femme-médecin, l'avait soigné tout en commettant de graves erreurs médicales. Caroline et La Galère avaient disparu. Et lui risquait aussi de partir s'il ne sortait pas d'ici le plus rapidement possible pour rejoindre la capitale, d'une manière ou d'une autre, pour retrouver Solène, qui lui devait une explication. Pourquoi l'avait-elle laissé ici ?

Il devait donc se rendre à Paris, qu'il savait bouclée jusqu'à nouvel ordre et militarisée, ses accès sévèrement gardés. Solène y était forcément. En quelques jours, le gouvernement avait établi un contrôle serré pour qui souhaitait s'y rendre ou en sortir. Il fallait à toute personne qui s'y engageait une raison valable de se rendre dans la Ville-Lumière.

Des bruits de pas se faisaient entendre plus loin, à peine étouffés par les ronflements de quelque patient. Ils effectuaient des aller-retours constants vers le fond de l'unité de soins dans laquelle il se trouvait.

– Ok, j'y vais, se motiva l'infirmière, mais avoue quand-même que c'est troublant.

Une décharge d'adrénaline envahit Youssou lorsque la porte s'ouvrit, avec fracas, élargissant le rayon en un bel angle de cent-soixante-trois degrés. L'infirmière en sortit, rentrant discrètement un objet dans sa poche, et résolut de se diriger vers la chambre de Youssou. Celui-ci partit rapidement, sur la pointe des pieds, et eut le temps de se carapater à l'angle à quatre-vingt dix degrés joignant les deux couloirs, au moment où l'infirmière alluma les lumières.

Les pas se rapprochaient toujours, menaçant, vers sa direction. D'un côté l'infirmière, de l'autre une démarche assurée de médecin. Sa chambre a lui était au bout du couloir où marchait l'autre individu. Il risquait d'être pris en sandwich entre les deux. Il aperçut le pied de l'infirmière, tournant vers sa position. Spontanément, il fit face à elle et avant qu'elle n'ait le temps de réagir, lui asséna un violent coup sur la tête pour l'assommer net. Avant qu'elle ne touche le sol, il avança dans la partie éclairée du couloir et la saisit à pleine mains, comme pour danser, et pensa « pardon ». Dans l'autre partie du couloir, les pas se rapprochèrent jusqu'à ce que la personne soit à quelques mètres de lui. Une goutte de sueur coula sur son front. L'individu s'arrêta, puis fit un demi-tour pour s'éloigner. Youssou risqua un coup d'œil à l'angle, juste pour voir la blouse de médecin s'engouffrer dans un autre angle de couloir.

Il sentit un objet cylindrique dans les poches de l'infirmière. Il la souleva et la mit sur son épaule, puis se dirigea vers sa chambre. Il ferma délicatement la porte, au moment où la lumière du couloir s'éteignit, puis déposa son fardeau sur son propre lit de patient. Il laissa la femme inconsciente prendre la place qu'il avait chauffée, ô pour combien de temps, et glissa sa main dans la poche. Il sentit l'objet cylindrique et au bout de celle-ci une aiguille creuse. Il l'extirpa très lentement de la poche, prit une profonde inspiration afin de se préparer à voir l'objet de toutes ses angoisses.

****

Ils étaient sortis, à quatre personnes maximum pour ne pas trop attirer l'attention, simplement vêtus de polos sombres et de quelques vêtements de geek noirs à l'effigie de développeurs de toutes les générations. Solène devait coordonner l'opération. Elle avait tenu à le faire, parce qu'elle avait de l'expérience sur le terrain virtuel. Shaineze n'était pas très loin, glissant furtivement dans les bâtiments autour, pas loin. Elle pouvait intervenir rapidement si la situation dégénérait. Solène voulait bien la croire.

Chacun, à l'exception de la petite, était équipé d'un portable en parfait état de marche pour l'opération. Leur main directrice était gantée, et dans la paume de ce gant se trouvait une souris d'ordinateur collée avec de la colle forte, placée de telle sorte que l'index et le majeur puissent cliquer. Le câble qui terminait la souris était coupé de façon à ne pas entraver les mouvements. Solène avait gardé le sien, qui était de fait enroulé autour de sa peau directement sous son t-shirt. Elle détestait les souris sans fil de toutes façons, même si ces derniers temps elles avaient assez de précision pour tenir. Elle restait sceptique quand à l'utilité de ce périphérique informatique face à des agents de sécurité mais elle avait tout de même confiance en Shaineze.

Ils descendirent la rue des Nations. Celle-ci était couverte de poussière, sa circulation était interrompue et quelques bâtiments avaient les vitres brisées. Ses lumières brillaient d'une lumière blafarde. Quelques lampadaires ne brillaient plus, d'autres clignotaient. Les bâtiments se tenaient en garde-à-vous, leurs paupières à moitié fermées. Ils en devenaient sinistres. L'un deux appartenait à une boîte d'intérim, elle était peut-être l'un de ses sièges, ce qui effrayait Solène. L'humidité avoisinait les quatre-vingt quinze pour cent, pénétrant les articulations. La nuit était calme, elle permettait d'avoir une vision relativement claire. Les ordres étaient assez simples : remplir, dans le but d'armer sa communauté, leurs sacs à dos de souris d'ordinateur, à deux boutons.

L'équipe était constituée ainsi :

- Solène, évidemment, dont la longue chevelure rousse était cachée sous un bonnet serré. Pour ne pas limiter ses mouvements, elle avait chaussé ses inséparables chaussures de gendarmes. Chaudes, efficaces et confortables, elle avait juré de ne s'en séparer qu'à leur destruction et usure complète. Avec elle, dans sa ceinture, un couteau à cran d'arrêt, au cas où les choses tourneraient mal.
- Van, un bon mètre soixante-et-un, amatrice de jeux SNK et de Virtua Fighter, son nom de joueuse sur le Web était simplement «Liquid». Elle était impitoyable dans les jeux de combat, décortiquant à l'avance les coups, les parades de ses adversaires, enregistrant mentalement jusqu'aux frames[90]. Elle n'avait encore jamais participé à une véritable compétition. Sans doute parce qu'elle aimait peu les honneurs. C'était, en substance, la plus méticuleuse, puisqu'elle savait se battre dans la vie réelle. Maîtrisant le

---

90 Étapes d'animation d'un personnage dans un jeu.

Vo Sinh[91], et maniant le Thuong Dao[92], elle avait opté par défaut pour une longue manivelle de volet roulant. Malgré le scepticisme de ses compagnons quand à l'efficacité réelle de cet objet, elle était sûre d'elle. La manivelle pouvait se briser à tout moment et était de piètre qualité, de l'ordre de celles équipant un hôtel standard. Heureusement, elle avait également un pied de lit qu'elle avait récupéré personnellement après une nuit passionnée.

* Hackim, marocain aux cheveux mi-longs, la majorité à peine passée, et catapulté très jeune dans une mission capillotractée. Pourquoi Shaineze l'avait-elle désigné ? Comme Solène, il ne savait pas se défendre, à l'exception des first person shooters dont il était friand, y jouant sur un panorama composé de quatre écrans. Du strafe[93] ou rocket-jumping[94], dans la vie réelle, face à des colosses, cela ne résoudrait pas grand-chose, mais Hackim, Solène le ressentait, dégageait, malgré sa maigreur et son évidente faiblesse physique, une étonnante puissance. Son taux de gikna devait être assez élevé.

* Gnel, arménien, petit, trapu, était le costaud de la bande. Il avait pratiqué intensément le taekwondo, et dernièrement se plaisait à tester sa résistance à la douleur et sa force physique dans des tournois clandestins de free fight. Il ne s'était pas vraiment présenté à l'assemblée, mais avait fait part de ses goûts personnels à Suck-Chin. Il n'aurait pas eu besoin de le faire, de toutes façons. Avant de partir, il avait enfilé sa panoplie préférée, qu'il embarquait partout en voyage avec lui, son doudou à lui pourrait-on dire : une tenue de l'Armée Rouge,

---

91 Pratiquante du Vo Thuat, mélange de divers arts martiaux vietnamiens.

92 Lance ou pique

93 Technique de saut sur le côté, dans les FPS, inventée malencontreusement par les programmeurs du premier Quake.

94 Dans les FPS, pour appliquer ce saut il faut tirer une roquette vers le bas et sauter par-dessus de façon à ce que le souffle de l'explosion vous projette plus haut que ce que peut normalement faire votre personnage.

millésimée 1986, un véritable uniforme de sniper d'époque qui lui avait était offert par son père pour ses 18 ans.

Ils se rapprochèrent de la station de métro, pour voir qu'elle était ouverte et accessible, abandonnée. Autour d'eux, ils virent des trous dans le sol, et quelques bâtisses en ruine. Ils en descendirent les marches, tranquillement. Une très forte odeur de fer se dégagea aussitôt de la station, plongée dans le noir. Solène eut un léger haut-le-cœur alors qu'ils avançaient à tâtons, uniquement guidés par les lumières de la sortie de la station donnant sur le parc des expositions. Ils prirent le long et large escalier vers l'extérieur.

Soudain, Solène buta sur quelque chose. Elle se baissa pour mettre la main dessus et l'un de ses doigts s'enfonça dans un petit trou placé dans l'objet. Elle mit son doigt vers son visage et sentit aussitôt une odeur ferreuse, très forte, mêlée à un relent de pourriture. Elle n'osait pas activer la lampe torche, car elle avait aussitôt devinée de quoi il s'agissait. Elle garda néanmoins contrôle sur elle-même, il ne fallait pas faillir.

Au même moment où ils allaient arriver à l'air libre, ils aperçurent un soldat, armé d'un fusil d'assaut de type famas, qui marcha très rapidement vers eux, prêt à ouvrir le feu.

Table des matières

www.ingramcontent.com/pod-product-compliance
Lightning Source LLC
LaVergne TN
LVHW050612200726
843508LV00010B/1822